202 년 월 일 시작

202 년 월 일 완성

책머리에

반복은 천재를 낳고 믿음은 기적을 낳는다

– 뇌맷집(뇌가소성)이란 무엇인가? –

오랜 세월 동안 사람들은 뇌가 변화하지 않는다고 생각해왔다. 뇌에는 명백히 정해진 한계가 있으며, 이 한계는 내체로 유전적으로 결정된나는 생각이 주류 과학계와 의학계의 통설이었다.

수술과 약물 치료가 아닌 정신 훈련으로 뇌 문제를 해결하고 뇌의 기능을 향상시킬 수 있다는 주장은 근거 없는 망상이라고 여겨왔다. 이런 생각은 문화 전반에 확산되면서 우리가 인간 본성을 바라보는 전체적인 시각까지 방해했다. 뇌는 변화할 수 없으므로, 뇌로부터 발생하는 인간의 본성 역시 고정되고 변하지 않는 것으로 여긴 것이다.

하지만 과학자들이 뇌에 대해 점점 더 많이 알게 되고 정밀한 뇌 스캔이 가능해지면서 이 '변하지 않는 뇌' 이론은 점차 허물어지고 있다. 뇌는 고정되어 있기는 커녕 끊임없이 변화하는 유연한 기관이다. 스스로 변하는 뇌의 성질은 오늘날 '뇌가소성'이라고 불리며, 뇌에 문제가 있는 사람들에게 새로운 희망을 주고 뇌와 인간의 가능성에 대한 우리의 이해를 넓혀주고 있다.

인간의 이 놀라운 가소성은 스스로를 변화시키는 방법을 써서라도 변화하는 세계에서 살아남도록 진화한 자연의 선물이라고 말한다.

그리고 이 거의 무한한 듯한 적응력이야말로 인류가 이제껏 살아남을 수 있었던 이유이다. 인간의 뇌는 말랑말랑한 찰흙처럼 환경에 반응해서 끊임없이 변화한다. 인간의 뇌는 다른 어떤 부위보다 더없이 유연하다. 뇌가 생각과 활동을 통해서 스스로의 기능과 구조를 변경할 수 있는 이상, 인간의 모든 문화와 교육 역시 이를 받아들이는 방식으로 변해야 할 것이다.

그렇다면 뇌가소성을 키우기 위해서는 어떻게 해야 할까?

손 쓰기는 뇌가소성을 키우는 비법 중 하나다.

우리 손에는 각 신체의 감각정보를 받아들이는 영역이 할당되어 있다. 특히 감각정보를 받아들이는 신경세포가 신체 중에서 가장 많이 분포된 곳이 바로 손이다. '손은 밖으로 드러난 뇌'라고 불릴 만큼 손을 자주 쓰는 것은 뇌 자극과 활성화에 도움이 될 수 있다. 간단한 손동작이라도 손을 쓰면 뇌에 자극이 되어 뇌 속 신경세포가 활발해 진다.

실제로 손을 쓰지 않고 외우는 것보다 손으로 글씨를 쓰며 외우는 것이 정답률을 47% 증가시키는 효과가 있다고 알려져 있다. 이러한 관점에서 전문가들이 추천하는 뇌가소성을 키우는 방법은 색칠하기이다. 색칠하기가 손을 움직여 뇌 세포를 활성화하고 뇌를 균형 있게 발달시킨다는 연구 결과도 있다. 색칠놀이를 하면 눈으로 보기 때문에 후두엽, 기억력과 관계 있는 측두엽, 정수리 부분의 두정엽까지 뇌의 뒤, 옆, 위쪽까지 3부분의 균형이 맞춰지면서 활성화된다. 이런 연구의 영향으로 일본에서는 뇌 건강을 위한 색칠하기가 전 국민적인 열풍이 되고, 국내에서도 색칠하기가 뇌 인지 치료에 활용되고 있다.

뇌가소성의 영향은 지대할 것이다. 모든 형태의 훈련과 학습에 영향을 미칠 것이고, 인간의 본성을 다루는 모든 인문학, 사회과학, 자연과학이 영향을 받을 것이다. 교육, 사랑, 성, 인간관계, 문화 등 인간에게 영향을 주는 모든 분야들을 뇌가소성의 관점에서 재구성할 필요가 있다.

(MBN,「천기누설」,「기적을 부르는 뇌」 노먼 도이치 著)

2023년 8월

CONTENTS

CONTENTS

Chapter
01

필사는 정독 중 정독입니다

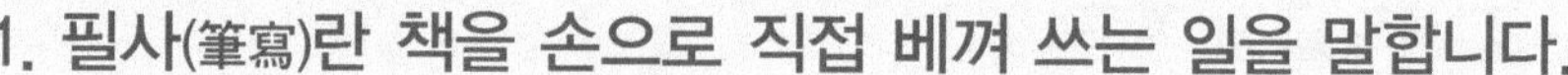

1. 필사(筆寫)란 책을 손으로 직접 베껴 쓰는 일을 말합니다.

일일이 책을 보고 한 글자씩 옮겨 적는 것이지요. 왜 일부러 힘들게 글을 베껴 쓰냐고요?

한 글자씩 글을 옮겨 적는 과정은 단순히 빈 종이를 채우는 것 이상의 여러 가지 장점이 있기 때문이지요.

2. 필사는 글짓는 능력을 키워줍니다.

필사는 글짓기 능력을 키우는 데 가장 효과적인 방법입니다. 글을 잘 짓는 능력은 태어날 때부터 타고나는 것이 아닙니다. 아무리 유능한 작가라고 하더라도 태어날 때부터 글을 잘 짓는 것은 아닙니다. 그들은 우리가 모르는 수많은 시간 동안 노력을 했습니다. 그 중 대표적인 것이 다른 사람들이 써 놓은 좋은 책을 필사하는 것입니다.

3. 필사는 어휘능력을 키워줍니다!

우리가 평소 쓰는 단어는 매우 제한적입니다.

적은 양의 단어로 일상생활에서 대화를 하고 살아가는 데에는 아무런 문제가 없습니다. 하지만 글을 쓸 때에는 다릅니다. 다양한 어휘를 활용해야 좋은 글을 완성시킬 수 있습니다.

어휘력 향상에 가장 통합적인 방법이 바로 필사를 하는 것입니다.

4. 필사는 사고력을 높여줍니다!

손은 우리 몸의 두 번째 뇌라고 부를 만큼, 두뇌 활동과 밀접한 연관을 맺고 있습니다. 즉 손을 이용한 다양한 활동은 두뇌 활동에도 좋은 영향을 주는 것이죠.

공책에 글을 쓰는 동안 우리는 계속해서 생각을 합니다. 필사는 단순히 글을 옮겨 적는 것 같아 보이지만 고도의 사고 활동이 이뤄지는 과정입니다.

문장을 통해서 작가의 생각을 이해하고 더 나아가 자신만의 생각을 형성해 가게 됩니다.

5. 필사는 집중력을 높여줍니다!

필사는 무엇인가에 집중하지 못하고 정서가 불안한 아이들이 반드시 해야 하는 과정입니다. 어려서부터 필사를 즐겨하는 아이들은 차분한 성격으로 사려 깊은 행동을 하게 됩니다.

느긋하고 여유롭게 앉아서 필사를 하는 것만큼 아이들의 원만한 성격 형성에 도움이 되는 방법은 없습니다.

6. 어떤 책을 필사해야 할까요?

필사를 할 때 중요한 전제 조건이 있습니다.

그것은 바로 아무 책이나 필사의 대상으로 삼아서는 안 된다는 것입니다. 책의 종류는 매우 많습니다. 책이라고 해서 다 같은 책은 아닙니다.

책 중에는 양서라 불리는 좋은 책이 있는가 하면 그렇지 않는 책도 많습니다. 가장 쉬운 선택은 오랫동안 검증받고 사람들에게 사랑받아온 고전(古典)을 선택하는 것입니다. 또 외국 작품보다는 우리나라 작품을 선택하는 것이 좋습니다. 아무리 좋은 외국 작품이라도 원서 그 자체를 읽고 이해하기는 어렵습니다. 대개는 번역된 책을 보게 되는데 외국 작품을 번역하다 보면 원서 그 자체의 깊이를 느낄 수가 없습니다. 그래서 될 수 있으면 한국 작품을 선택하는 것이 도움이 됩니다. (「필사의 기초」 조경국 지음)

중국 송나라시대 시인이고 정치가였던 구양수는 글을 잘 짓는 방법을 다독(多讀)·다작(多作)·다상량(多商量) 이라고 했습니다
책을 많이 읽다 보면 어휘력이 풍부해져 생각의 폭이 넓어지고, 또한 생각이 깊어지고, 자연히 하고싶은 말이 많아지게 되면서, 보여주고 싶은 글을 잘 짓게 된다는 것입니다.

Chapter
02 「훈민정음」을 원고지에 필사하시오.

조선 제4대 세종대왕은 1443년에 훈민정음을 창제하였고 1446년에 반포하였다.

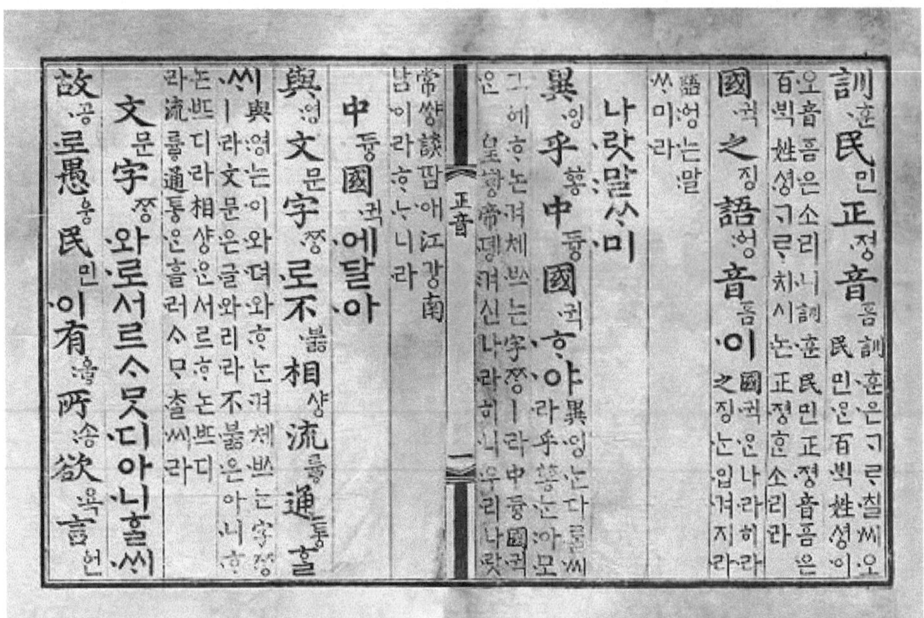
訓훈民민正졍音음
訓훈은 ᄀᆞᄅᆞ칠 씨오 民민은 百ᄇᆡᆨ姓셩이오 音흠은 소리니 訓훈民민正졍音흠은 百ᄇᆡᆨ姓셩 ᄀᆞᄅᆞ치시논 正졍ᄒᆞᆫ 소리라
國귁之징語ᅌᅥᆼ音흠이
國귁은 나라히라 之징ᄂᆞᆫ 입겨지라 語ᅌᅥᆼᄂᆞᆫ 말ᄊᆞ미라
나랏 말ᄊᆞ미
異ᅌᅵᆼ乎ᅘᅩᆼ中듕國귁ᄒᆞ야
異ᅌᅵᆼᄂᆞᆫ 다ᄅᆞᆯ 씨라 乎ᅘᅩᆼᄂᆞᆫ 아모 그ᅌᅦ ᄒᆞᄂᆞᆫ 겨체 ᄡᅳᄂᆞᆫ 字ᄍᆞᆼㅣ라 中듕國귁ᄋᆞᆫ 皇ᅘᅪᆼ帝뎽 겨신 나라히니 우리 나랏 常썅談땀애 江강南남이라 ᄒᆞᄂᆞ니라
中듕國귁에 달아
與ᅌᅧᆼ文문字ᄍᆞᆼ로 不불相샹流류通통ᄒᆞᆯᄊᆡ
與ᅌᅧᆼᄂᆞᆫ 이와 뎌와 ᄒᆞᄂᆞᆫ 겨체 ᄡᅳᄂᆞᆫ 字ᄍᆞᆼㅣ라 文문ᄋᆞᆫ 글와리라 不불ᄋᆞᆫ 아니 ᄒᆞᄂᆞᆫ ᄠᅳ디라 相샹ᄋᆞᆫ 서르 ᄒᆞᄂᆞᆫ ᄠᅳ디라 流류通통ᄋᆞᆫ 흘러 ᄉᆞᄆᆞᄎᆞᆯ 씨라
文문字ᄍᆞᆼ와로 서르 ᄉᆞᄆᆞᆺ디 아니ᄒᆞᆯᄊᆡ
故공로 愚ᅌᅮᆼ民민이 有ᅌᅮᇢ所송欲욕言언

훈민정음

나라의 말이 중국과 달라

문자와 서로 통하지 아니하기에

이런 까닭으로 어리석은 백성이 이르고자 할 바가 있어도

마침내 제 뜻을 능히 펴지 못하는 사람이 많으니라.

내가 이를 가엾이 여겨

새로 스물여덟 글자를 만드노니

사람마다 쉬이 익혀 날로 씀에 편안하게 하고자 할 따름이니라.

※ 사가독서(賜暇讀書)란 세종대왕 때 집현전 젊은 학자들에게 휴가를 주어 독서에 전념하게 하는 제도입니다.

Chapter
03

문학의 갈래(장르)

문학은 언어의 형태에 따라 운문 문학과 산문 문학, 전달 방식에 따라 구비 문학과 기록 문학으로 나뉘기도 합니다.

① 기록 문학 : 문자 언어로 전달되는 문학

② 구비 문학 : 음성 언어로 전해지는 문학

그러나 일반적으로 4분법에 의해 시, 소설, 희곡, 수필로 구분합니다.

그리고 4분법에 평론을 더한 5분법과 평론과 시나리오를 더한 6분법을 적용하기도 합니다.

(1) 문학의 3대 갈래(장르) : 시, 소설, 수필

(2) 문학의 4대 갈래(장르)

① 시 : 서정(抒情), 세계의 자아화 성격을 지님

② 소설 : 서사(敍事), 자아와 세계의 갈등 성격을 지님

③ 수필 : 교술(敎述), 자아의 세계화 성격을 지님

④ 희곡 : 극(劇), 자아와 세계의 갈등 성격을 지님

(3) 문학의 5대 갈래(장르) : 시, 소설, 수필, 희곡, 평론

(4) 문학의 6대 갈래(장르) : 시, 소설, 수필, 희곡, 평론, 시나리오

(5) 문학의 특징

① 3대 특징 : 항구성(영속성), 보편성(공간성), 개성(독창성)

② 4대 요소 : 정서(심미성), 사상(위대성), 상상(창조성), 형식(예술성)

③ 내용의 4대 조건 : 시대성(문학과 현실의 관계), 사회성, 민족성, 도덕성

Chapter

04 여류 3대 수필문학 작품을 필사하시오.

1. 규중칠우쟁론기
2. 조침문
3. 동명일기

[1] 「규중칠우쟁론기」를 필사 하시오.

(규중칠우쟁론기는 규중 부인들의 바느질에 필요한 기구 일곱 가지를 의인화하여 인간 세정을 풍자했다. 자신의 처지를 망각하고 교만하거나 불평·원망하지 말고 사리에 따라 순응, 성실해야 한다는 것을 일깨우고 있다.)

규중칠우쟁론기

이른바 소위 규중칠우는 부인들의 방 안에 있는, 일곱 벗이다. 글하는 선비는 필묵과 종이, 벼루를 문방사우(文房四友)로 삼았으니, 규중 여자인들 홀로 어찌 벗이 없으리오.

이러므로 바느질을 돕는 것을 각각 이름을 정하여 벗을 삼았다. 바늘을 세요(細腰) 각시라 하고, 자는 척(戚) 부인이라 하며 가위를 교두(交頭) 각시라 하였다. 또 인두를 인화(引火) 부인이라 하고 다리미를 울(울) 낭자라 하며 실을 청홍흑백(靑紅黑白) 각시라 하고 골무를 감토 할미라 하여 칠우로 삼았다. 규중 부인들이 아침에 세수를 하고 머리를 빗고 나면, 칠우가 일제히 모여 함께 의논하여 각각 맡은 소임을 끝까지 해냈다.

하루는 칠우가 모여 바느질의 공을 의논하였다. 척 부인이 긴 허리를 재며 말했다.

"여러 벗들은 들어라. 나는 가는 명주, 굵은 명주, 흰 모시, 가는 베, 아름다운 비단을 다 내어 펼쳐 놓고 남녀의 옷을 마름질할 때, 길고 짧음, 넓고 좁음이며 솜씨와 격식을 내가 아니면 어찌 이루겠는가? 이러므로 옷을 만드는 공은 내가 으뜸이다."

교두 각시가 두 다리를 빨리 놀리며 뛰어나와 말했다.

"척 부인아, 그대가 아무리 마름질을 잘한들 베어 내지 않으면 모양이 제대로 되겠느냐? 내 공과 내 덕이니 자랑하지 말라."

세요 각시가 가는 허리를 구부리며 날랜 부리 돌려 일했다.

"두 벗의 말이 옳지 않다. 진주 열 그릇이라도 꿴 후에 구슬이라 한다. 재단을 두루 잘한다고 하나 내가 아니면 어찌 옷을 짓겠는가? 잔누비, 중누비, 짧은 솔기, 긴 옷을 이룸이 나의 날래고 빠름이 아니면 잘게 안고 굵게 박아 마음대로 하리오. 척 부인이 재고 교두 각시가 베 낸다고 하나 내가 아니면 공이 없으니 두 벗이 무슨 공이라고 자랑하느냐?"

청홍 각시 얼굴이 붉으락푸르락하며 화가 나서 말했다.

"세요야, 네 공이 내 공이다. 자랑하지 마라. 네가 아무리 착한 척하나 한 솔기, 빈 솔기인들 내가 아니면 어찌 성공하겠느냐?"

감토 할미가 웃고 나서 말했다.

"각시님들, 웬만히 자랑하소. 이 늙은이 머리와 끝이 적어 아가씨들 손부리가 아프지 않게 바느질을 도와드린다. 옛말에 이르기를 '닭의 입이 될지언정

소의 뒤는 되지 말라'하였으니, 청홍 각시는

세요의 뒤를 따라 다니며 무슨 일을 하시나요? 실로 얼굴이 아깝도다. 나는 매양 세요의 귀에 찔리었으나 낯가죽이 두꺼워 견딜 만하여 아무 말도 아니 한다."

인화 낭자가 말했다.

"그대들은 다투지 말라. 나도 잠깐 공을 말하겠다. 중누비, 잔누비가 누구 때문에 저 가닥 같이 고우며, 한 솔기와 빈 솔기가 내가 아니면 어찌 풀로 붙인 듯이 고우리오. 바느질의 재주가 없는 자가 들락날락하여 바르지 못한 것도 나의 손바닥으로 한번 씻으면 잘못한 흔적을 감추어 준다. 그러니 세요의 공이 나 때문에 광채가 나는 것이다."

울 낭자 크나큰 입을 벌리고 너털웃음으로 말했다.

"인화야, 너와 나는 맡은 일이 같다. 그러하나 인화는 바느질뿐이다. 나는 천만 가지 옷에 참여하지 않는 곳이 없다. 얄미운 여자들은 하루 할 일도 열흘이나 한 곳에 뭉치어 놓고 살이 구깃구깃한 것을 나의 넓은 볼기로 한 번 스치면 굵은 실이 낱낱이 펴이며 제도와 모양이 고와진다. 더우기 여름철을 만나면 손님이 많아 하루도 한가하지 못한데 내가 아니면 어찌 고와지겠는가? 더우기 빨래하는 여자들이 게을러 풀먹여 널어두고 잠만 자며 부딪쳐 말린 것을 나의 광두 아니면 어찌 고우며, 세상 남녀들이 어찌 구김살 없는 것을 입으리오. 이러므로 옷을 만드는 공이 내가 제일이 된다."

규중 부인이 말했다.

"칠우의 공으로 의복을 만드나 그 공이 사람의 쓰기에 있으니 어찌 칠우의 공이라 하리오."

하고 칠우를 밀치고 베개를 돋워 깊이 잠이 들었다. 척 부인이 탄식하며 말했다.

"매정한 것이 사람이고 공 모르는 것은 여자로다. 의복 마를 때는 먼저 찾고 이루어 내면 자기 공이라 한다. 게으른 종의 잠을 깨우는 막대는 내가 아니면 못 칠 줄로 알고 내 허리 부러지는 것도 모르니 어찌 야속하고 화나지 않으리오."

교두 각시 이어 말하였다.

"그대 말이 옳다. 옷을 마름질하여 베어 낼 때는 나 아니면 못 하지마는 잘 드니 안 드니 하며 내던진다. 두 다리를 각각 잡아 흔들 때는 불쾌하고 노여운 것을 어찌 측량하리오."

세요 각시 한숨 짓고 말하였다.

"너는 물론이거니와 나 역시 일찍이 무슨 일로 사람의 손에 보채이며 요망하고 간악한 말을 듣는가? 뼈에 사무치게 원한이 사무친다. 나의 약한 허리 휘두르며 날랜 부리 돌려 힘껏 바느질을 돕는 줄을 모르고, 마음에 맞지 않으면 나의 허리를 부러뜨려 화로에 넣으니 어찌 통탄하고 원통하지 않으리오. 사람과는 극한 원수이지만 갚을 길이 없어 이따금 손톱 밑을 찔러 피를 내어 원한을 풀면 조금 시원하다, 그러나 간신하고 흉악한 감토 할미 만류하니 더욱 애달프고 못견딜 일이로다."

인화가 눈물지어 말했다.

"그대는 아프다 어떻다 하지만 나는 무슨 죄로 불에 달구어 지지는 형벌을 받아 붉은 불 기운에 낯을 지지고 굳은 것을 깨뜨리는 일을 나에게 다 시키니 섧고 괴롭기는 측량하지 못하겠구나."

울 낭자 두려워하고 근심하며 말했다.

"그대와 하는 일이 같고 욕되기는 마찬가지다. 모든 옷을 문지르고 목을 잡아 몹시 흔들어서 까불며 우격다짐으로 누르니 황천(皇天)이 덮치는 듯 심신이 아득하여 나의 목이 따로 떨어질 때가 몇 번인지 알리오."

칠우는 이렇듯 담논하며 탄식하니 자던 여자가 문득 깨어나 칠우에게 말했다.

"칠우는 내 허물을 그토록 말하느냐?"

감토 할미 머리를 조어려 사죄하며 말했다.

"젊은 것들이 망령되게 헤아림이 없어서 만족하지 못합니다. 저희들이 재주가 있으나 공이 많음을 자랑하여 원망스러운 말을 하니 마땅히 곤장을 쳐야 합니다. 그러나 평소 깊은 정과 저희의 조그만 공을 생각하여 용서하심이 옳을까 합니다."

여자가 답하였다.

"할미 말을 좇아 용서하겠다. 나의 손부리 성함이 할미 공이니 꿰어차고 다니며 은혜를 잊지 아니하겠다. 비단주머니를 지어 그 가운데 넣어 몸에 지녀 서로 떠나지 아니하겠다."

할미는 머리를 조아려 인사를 하고 여러 벗은 부끄러워하며 물러났다.

(어느 규중 부인 지음)

※ 규중칠우쟁론기 · 조침문 · 의유당일기(동명일기)는 여류3대 수필로 불린다.

[1] 「규중칠우쟁론기」를 필사 하시오.

[2] 「조침문」을 필사 하시오.

(부러진 바늘을 의인화하여 쓴 제문(祭文)이다. 작자는 문벌 좋은 집으로 출가하였으나 일찍 남편을 여의고 자녀도 없이 바느질에 재미를 붙이고 살다가 바늘이 부러지자 슬픈 마음을 누를 길 없어 이 글을 지었다고 한다.)

조침문

유세차(維歲次) 모년(某年) 모월(某月) 모일(某日)에, 미망인 모씨(某氏)는 두어 자(字) 글로써 침자(針子)에 고(告)하노니, 인간 부녀의 손 가운데 중요로운 것이 바늘이로되,

세상 사람이 귀히 아니 여기는 것은도처에 흔한 바이로다. 이 바늘은 한낱 작은 물건이나 이렇듯이 슬퍼함은 나의 정회(情懷)가 남과 다름이다.

오호 통재라, 아깝고 불쌍하다. 너를 얻어 손 가운데 지닌 지 우금(于今) 이십칠 년이라,어이 인정이 그렇지 아니 하리오. 슬프다.

눈물을 잠깐 거두고 심신을 겨우 진정하여 너의 행장과 나의 회포(懷抱)를 총총히 적어 영결(永訣)하노라,

연전(年前)에 우리 시삼촌께서 동지상사(冬至上使) 낙점을 무르와, 북경을 다녀오신 후에, 바늘 여러 쌈을 주시거늘, 친정과 원근 일가에게 보내고, 비복들도 쌈쌈이 낱낱이 나눠주고, 그 중에 너를 택하여 손에 익히고 익히어 지금까지 해포 되었더니, 슬프다. 연분이 비상하여 너희를 무수히 잃고 부러뜨렸으되, 오직 너 하나를 연구(年久)히 보전하니

비록 무심한 물건이나 어찌 사랑스럽고 미혹지 아니하리요. 아깝고 불쌍하며 또한 섭섭하도다. 나의 신세 박명하여 슬하에 한 자녀 없고, 인명이 흉완하여 일찍 죽지 못하고 가산이 빈궁하여 침선(針線)에 마음을 붙여 널로 하여 시름을 잊고 생애를 도움이 적지 아니 하더니, 오늘날 너를 영결하니 오호 통재라, 이는 귀신이 시기하고 하늘이 미워하심이로다.

아깝다 바늘이여, 어여쁘다 바늘이여, 너는 미묘한 품질과 특별한 재치를 가졌으니 물중의 명물이요, 철중의 쟁쟁이라. 민첩하고 날래기는 백대의 협객이요, 굳세고 곧기는 만고의 충절이라.

능라와 비단에 난봉과 공작을 수놓을 제, 그 민첩하고 신기함은 귀신이 돕는 듯하니, 어찌 인력의 미칠 바리오.

오호 통재라, 자식이 귀하나 손에서 놓일 때도 있고 비복이 순하나 명을 거스릴 때 있나니, 너의 미묘한 재질이 나의 전후에 수응함을 생각하면 자식에게 지나고 비복에게 지나는지라.

천은으로 집을 하고, 오색으로 파란을 놓아 곁고름에 채였으니 부녀의 노리개라. 밥먹을 적 만져보고 잠잘 적 만져보아,

널로 더불어 벗이 되어 여름 낮에 주렴이며 겨울 밤에 등잔을 상대하여 누비며, 호며, 감치며, 박으며, 공그릴 때에, 겹실을 꿰었으니 봉미를 두르는 듯, 땀땀이 떠 갈 적에 수미가 상응하고 솔솔이 붙여 내매 조화가 무궁하다. 이생에 백년 동거하렸더니 오호 애재라, 바늘이여. 금년 시월 초십일 술시에 희미한 등잔 아래서 관대 깃을 달다가 무심중간에 자끈동 부러지니 깜짝 놀라와라.

아야 아야 바늘이여, 두 동강이 났구나. 정신이 아득하고 혼백이 산란하여 마음을 빻아 내는 듯, 두골을 깨쳐 내는 듯, 이윽도록 기색혼절하였다가 겨우 정신을 차려 만져보고 이어본들 속절없고 하릴없다. 편작의 신술로도 장

생불사 못 하였네. 동네 장인에게 때이련들 어찌 능히 때일손가. 한 팔을 베어낸 듯, 아깝다 바늘이여, 옷섶을 만져보니 꽂혔던 자리 없네.

오호 통재라, 내 삼가지 못한 탓이로다. 무죄한 너를 마치니, 백인(伯仁)이 이 유아이사(由我以死)라, 누를 한하며 누를 원하리요. 능란한 성품과 공교한 재질을 나의 힘으로 어찌 다시 바라리요.

절묘한 의형은 눈 속에 삼삼하고 특별한 품재는 심회가 삭막하다. 네 비록 물건이나 무심치 아니 하면 , 후세에 다시 만나 평생 동거지정을 다시 이어, 백년고락과 일시생사를 한가시로 하기를 바라노라. 오호 애재라, 바늘이여.

(유씨 부인(兪氏婦人) 지음)

[2]「조침문」을 필사 하시오.

[3] 「동명일기」를 필사하시오.

(의유당이 함흥 판관으로 부임해 가는 남편을 따라가 관북 지방을 유람한 내용을 기록했다. 순 한글로 집필되어 있는데 이 중 '동명일기'는 '규중칠우쟁론기', '조침문'과 함께 3대 여류 수필 문학의 하나로 꼽힌다. '의유당 관북유람일기'라고도 한다.)

의유당 일기

1. 낙민루(樂民樓)

함흥 만세교와 낙민루가 유명하다기에 기축년(순조 29년) 팔월 이십사일 서울을 떠나 구월 초이틀 함흥에 도착했다. 만세교는 장마에 무너지고 낙민루는 서편 성 밖인데, 누하문의 전형은 서울 홍인(興人) 모양이나 둥글고 작아 독교가 간신히 들어갔다. 그 문에서부터 성 밖으로 빠져나오게 누를 지었는데 이층 대(臺)를 짓고 아득하게 쌓아올려 그 위에 누를 지었다. 단청과 난간이 다 퇴락하였으나 경치는 정쇄하였다. 누 위에 올라가 서쪽을 보니 성천강이고 크기가 한강만하고, 물결이 심히 맑고 조촐하였다. 새로 지은 만세교는 물 밖으로 높이 대여섯 자나 솟아 올렸는데 모양이 무지개가 흰 듯하였다. 길이는 이편에서 저편까지 오 리라 하였으나 그럴 리는 없고 삼,사 리는 족하여 보였다. 강가에 버들이 차례로 많이 서고, 여염이 즐비하여 별이 총총하듯하여 몇 가구인지 알 수 없었다.

누상 마루청 널을 밀고 보니 그 아래 아득한데 사다리를 놓고 저리 나가는 문이 전혀 적으며 침침하여 자세히 못 보았다. 밖으로 아득히 우러러보면 높은 누를 이층으로 정자를 지었으니 마치 그림 속에 절을 지어 놓은 것 같았다.

2. 북산루(北山樓)

북산루는 구천각이란 데 가서 보면 보통의 퇴락한 누이다. 그 마루에서 사닥다리를 내려가니 성을 짜갠 모양으로 갈라 구천각과 북루가 있었다. 북루를 바라보니 육십여 보(步)는 되었다.

북루 문이 역시 낙민루 문 같았으나 많이 더 컸다. 반공에 솟는 듯하고 구름 속에 비치는 듯하였다. 성 둔덕을 구천각에서 빼져 나오게 누를 지었다.

그 문 안으로 들어가니 휘휘한 굴 속 같은 집이었다. 사닥다리 위로 올라가니 광한전 같은 큰 마루가 있었다. 구간대청이 활량하고 단청분벽이 황홀하였다.

앞을 바라보니 안계(眼界)가 헌칠하고 탄탄한 벌이었다. 멀리 치마(馳馬) 터가 보였다.

동남편을 보니 무덤이 누누하여 별이 박힌 듯하였다. 슬퍼서 눈물이 났다. 서편으로 보니 낙민루 앞 성천강 물줄기가 창일하고 만세교 비스듬히 뵈는 것이 더욱 신기하여 황홀이 그림 속 같았다.

풍류를 일시에 주(奏)하니 대무관(大舞官) 풍류였다. 소리가 길고 호화로워 들음즉 하였다. 모든 기생을 짝지워 춤추면서 종일 놀고 날이 어두워서 돌아왔다. 돌아오는 길에 가마 앞에 길게 잡히고 고이 입은 기생이 청사초롱 수십 쌍을 쌍쌍이 들고 섰으며, 횃불을 관하인(官下人)이 수없이 들었다. 가마 속 밝기는 대낮 같아 바깥 광경이 털 끝을 셀 정도로 밝았다. 붉은 비단에 이어 초롱을 만들어 그림자가 아롱지는데 그런 장관이 없었다.

군문 대장이 비록 야행에 사초롱을 켠들 어찌 이토록 장하리오. 군악은 귀에 크게 들리고 초롱빛은 조용하니 마음에 규중 소녀자(閨中小女子)임을 아주 잊어버렸다. 문무를 겸전한 장상(將相)으로 훈업이 고대하여 어디 군공을 이루고 승전곡을 연주하며 태평 궁궐을 향하는 듯하였다. 좌우 화광(火光)이 군악이 내 호기를 돕는 듯, 몸이 육마거(六馬車) 중에 앉아 대로에 달리는 용약 환희 하였다. 오다가 관문에 이르러 아내(衙內) 마루 아래 가마를 놓고 장한 총룡이 군성(群星)을 이룬 듯하였다.

심신이 황홀하여 몸이 절로 대청에 올라 머리를 만져보니 구름머리 꿔온 것이 곱게 있고, 허리를 만지니 치마를 둘렀으니 황연이 이 몸이 여자임을 깨달았다. 방안에 들어오니 침선(針線) 방적 하던 것이 관우에 놓여 있는 것을 보고 박장하며 웃었다. 북루가 불에 타서 다시 지은 것이라 더욱 굉걸하고 단청이 새로웠다. 채순찰사 제공(濟恭)이 서문루를 새로 지어 호왈 무검루라 하고 경치와 누각이 기(奇)하다 하며 한번 오르라고 하였으나 여염총중이라 못 갔더니 신묘년(순조 31년) 시월 망일(望日)에 월색이 대낮 같고 상로가 이미 내려 낙엽이 다 떨어져 경치가 깨끗하고 아름다웠다. 월색을 이용하여 누에 오르고자 원님께 청하니 허락하셨다. 독교를 타고 오르니 누락이 표묘하여 하늘 가에 벗긴 듯하고 팔낙(八作)이 표연하여 가히 볼 만하였다. 월색에 보니 희미한 누각이 반공에 솟아 뜬 듯, 더욱 기이하였다. 누각 안에 들어가니 육가(六間)은 되고 새로 단청을 하였으며 모퉁이마다 초롱대를 세우고 쌍쌍이 초를 켰으니 화광이 조요하여 낮 같았다. 눈을 들어 살피니 단청을 새로 하여 채색 비단으로 기둥과 반자를 짠 듯하였다. 서편 창호를 여니 누각 아래에 시장 벌이던 집이 서울의 종이 파는 가게 같았다. 곳곳에 집이 총총하고 시정(市井)들의 소리 고요하였다. 모든 집을 빽빽하게 지었으니 높은 누상에서 즐비한 여염을 보니 천호만가를 손으로 셀 듯 하였다. 성루를 굽이 돌아보니 빽빽하기 서울과 다름이 없었다. 웅장하고 거룩하기가 경성 남문루라도 이에 더하지 아니할 것이다.심신이 용약하여 음식을 많이 하여다가 기생들을 실컷 먹이고 즐겼다. 중군(中軍)이 장한 이 월색을 띠어 큰 말을 타고 누하문을 나갔다. 풍류를 치고 만세교로 나가니 훤화가갈(喧譁呵喝)이 또한 신기로웠다. 시정이 서로 손을 이어 잡담하며 무리지어 다니니 서울 같아서 무뢰배가 기생집으로 다니며 호강을 하는 듯싶었다. 이날 밤이 다하도록 놀고 왔다.

3. 동명일기(東溟日記)

기축년 팔월에 서울을 떠나 구월 초승에 함흥으로 오니 모두 이르기를 일월출이 보임직하였나. 상거(相距)가 오십 리 남았나. 마음이 심란하였나. 기생들이 못내 칭찬하여 거룩함을 일컬으니 내 마음이 들썩여 원님께 청하였다. 사군(使君)이,

"여자의 출입을 어찌 가볍게 하리오."

하며 뇌거불허(牢拒不許)하니 하릴없이 그쳤다.

신묘년에 마음이 다시 들썩여 하도 간절히 청하니 허락하고, 겸하여 사군이 동행하였다. 팔월 이십일 동명(東溟)에서 나는 중로손(中路孫) 한명우의 집에 가서 잤다. 거기서 달 보는 귀경대(龜景臺)가 시오 리라 하기에 그리 가려 하였다. 그때 추위가 심하여 길 떠나는 날까지 구름이 사면으로 운집하고 땅이 질어 말 발이 빠졌으나 이미 정한 마음이라 동명으로 갔다. 그날이 시종(始終) 청명치 아니하여 새벽 달도 못 보고 그냥 집으로 돌아가려 하였다.

새벽에 종이 들어와 이미 날이 좋았으니 귀경대로 오르자 간청하였다. 죽을 먹고 길에 오르니 이미 먼동이 텄다. 쌍교마와 종과 기생 탄 말을 바삐 채를 치니, 네 굽을 모아 뛰어 달려 안정치 못하였다. 시오 리를 단숨에 달려 귀경대에 오르니, 사면에 애운(靄雲)이 끼고 해 돋는 데 잠깐 터져 겨우 보는 듯 마는 듯하였다. 그래서 돌아오는데 운전(雲田)에 이르니 날이 쾌청하여 그런 애달픈 일은 없었다.

조반을 먹고 돌아올 때 바닷가에 쌍교를 가마꾼에 메어 세우고 전모(氈帽) 쓴 종과 군복한 기생을 말에 태워 좌우를 시켜 그물질을 시켰다. 그물 모양이 수십 척 장목을 마주 세운 모양이었다. 그 나비가 배만한 그물을 노로 얽어 장목에 치고, 그물추는 백토로 구워 만든 것으로 약탕기 만한 것이었다 동아줄을 끈으로 하여 해심(海心)에 그물을 넣어 해변에서 사공 수십 명이 서서 아우성을 치며 당겨 내었다. 물소리 광풍이 이는 듯하고 옥 같은 물굽이 노하여 뛰는 것이 하늘에 닿으니 그 소리 산악이 움직이는 듯하였다.

일월출을 변변히 못 보고 이런 장관을 본 것으로 위로하였다. 그물을 꺼내니 연어, 가자미 등속이 그물에 달리어 나왔다.

보기를 다하고 가마를 돌이켜 돌아오면서 가마 안에서 생각하니 여자의 몸으로 만리창파를 보고 바닷고기를 잡는 모양을 보니 세상이 헛되지 않음을 마음속에 새겼다. 십여 리를 오다가 태조대왕 노시던, 격구 치던 곳에 세운 정자를 바라보니 높은 봉위에 나는 듯이 있었다. 가마를 돌려 오르니 단청이 약간 퇴락한 육,칠 간(間) 정자가 있고 정자 바닥은 박석(薄石)을 깔았다.

정자는 그리 좋은 줄 모르겠으나 안계(眼界)가 기이하여 앞은 탄탄 훤훤한 벌이요, 뒤는 푸른 바다가 둘렀으니 안목이 쾌창하고 심신이 상연하였다. 바다 한가운데 큰 병풍 같은 바위 올연(兀然)히 섰으니 거동이 기이하였다. 그것을 '선바위'라 한다고 하였다.

산보우리 아래에 공인을 숨겨 앉히고 풍류를 늘어지게 치이고 기생에게 군복을 입힌 채 춤을 추게 하니 또한 볼 만하였다. 원님은 먼저 내려서 원으로 가시고 종이 형제만 데리고 와서 마음놓고 놀았다. 촌녀 젊은 여자 둘과 늙은 노파가 와서 굿을 보려 하는데 종이 나서

"네 어디 있는 여인인가?"

하니, 상풍 양반 집안 여자라서 무안하여 대로하며 달아나니 한바탕 웃었다.

돌아나올 때, 본궁을 지나니 보고 싶었으나 별차(別差)가 허락지 아니하여 못 보고 돌아왔다. 일껏 별러 가서 일월출을 못보고 무미무심히 다녀와 그 가엾기를 어찌 다 이르리오.

그후 다시 볼려고 꾀를 내었으나 사군이 엄히 막아 감히 생각지 못하였다. 임진년에 친척이 상을 당하여 종이를 서울에 보낸 지 이미 달이 넘었다. 고향을 떠난 지 사 년이 되니 죽은 이의 생면이 그립고 종이를 보내어 심우(心憂)를 도우니 호포가 자못 괴로워 원님께 다시 동명 보기를 청하니 허락지 아니하시었나.

"일생이 얼마나 되오? 사람이 한번 돌아가면 다시 오는 일이 없고, 근심과 가슴 아픔을 쌓아 매양 우울하니 한번 놀아 마음속의 울적함을 푸는 것이 만금에 비겨 바꾸지 못할 것이다."

하며 자주 비니, 원님 역시 일출을 못 보신 고로 허락, 동행하자 하셨다.

구월 십칠일에 가기를 정하니 관기 차섬이와 보배는 이에 기뻐 허락하며 치장 기구를 준비하였다. 차섬이, 보배를 한 쌍, 이랑이, 일심이를 한 쌍, 계월이 하고 가기로 하였다.

십칠일 식후 떠나려 하니 십육일 밤에 기생과 비복이 다 잠을 아니 자고 뜰에 내려 사면을 바라보며 혹 하늘이 흐릴까 애를 썼다. 나 역시 민망하여 하늘을 우러러보니 망일의 월시 끝이라 흑색 구름이 충충하고 진애 기운이 사면을 둘러 있었다.

모든 비복과 기생이 발을 굴러 혀를 차 거의 미칠 듯 애를 쓰니 내 또한 초조하여 겨우 새워 미명에 바삐 일어나 하늘을 보았다. 하늘이 쾌치 아니하여 동편의 붉은 기운이 일광을 가려 흉중이 흔들려 하늘을 무수히 보았다.

얼마 후 홍운이 걷히고 햇기운이 나니 상하 즐겨 밥을 재촉하여 먹고 길을 떠났다. 앞에 군복한 기생 두 쌍과 아이 기생 하나가 비룡 같은 말을 타고 섰는데 전립(戰笠) 위의 상모와 공작모 햇빛에 조요하고 상마(上馬)한모양이 나는 듯하였다. 군악을 교전에서 늘어지게 연주하니 미세한 규중 여자로 지난 해에 비록 낭패하였으나, 지난 해 좋은 일을 이 해 오늘에 다시 하니 어느 것이 사군의 은혜가 아니리오.

짐짓 서문으로 나서 남문 밖을 돌아가며 쌍교마를 천천히 놓아 좌우 저자를 살피니 거리 여섯 저자가 서울과 다름이 없었다. 의전, 백목전, 채마전 각색 전을 보니 고향 생각과 친척에 대한 그리움이 넘쳤다. 표전, 백목전이 더욱 장하여 필필(疋疋)이 건 것이 몇 천 동을 내어 건 줄 모르겠더라. 각색 옷이며 비단 금침이 다 걸려 있었다.

처음 갔던 한명우의 집으로 아니 가고 가치섬이란 데 숙소하려 갔다. 읍내 삼십 리를 가니 운전창부터 바다가 보이기 시작하고 가치섬이 높았다. 한편은 가이 없는 창해요, 한편은 첩첩한 산이었다. 바닷가로 난 길이 겨우 무명 나비만 하고 그 옆이 산이라서 쌍교를 인부에 메어 가만가만 갔다. 물결이 굽이쳐 홍치며 창색이 흉용하니, 처음에는 보기 끔찍하였다. 길이 소삽하고 돌과 바위 깔렸으니 인부가 매우 조심하며 일 리를 가니 길은 평탄하고 너른 들인데, 가치섬이 우러러보였다. 높이는 서울 백악산 같고 모양 대소는 백악보다 못하고 산색이 붉고 탁하여 백악보다 못하였다.

바닷가로 돌아 섬 밑에 집 잡아 드니 춘매、매화가 추후하여 왔다. 점심을 하여 들이는데 생복회를 놓았으니 그 밑에서 건진 것이라 맛이 특별하였으나 바삐 재촉하니, 잘 먹지 못하여 서울 친척과 더불어 맛을 나누지 못한 것이 지한이다.

날이 오히려 이르고 천기화명하며 풍일이 고요하니 배를 꾸며 바다에 사군이 오르시고 숙시와 성이를 데리고 내가 올랐다. 악기를 딴 배에 싣고 우리 오른 뱃머리에 달고 일시에 연주하였다. 해수 푸르고 군복한 기생의 그림자는 하늘과 바다에 거꾸로 박힌 듯, 풍류 소리는하늘과 바닷속에 사무쳐 들리는 듯하였다. 날이 석양이니 쇠한 해 그림자가 해심에 비치니 일만 필, 흰 비단을 물위에 편 듯하였다. 마음이 비스듬히 흔들려 상쾌하니 만리창파에 일엽편주로 망망대해의 위태로움을 다 잊을 만하였다.

기생 보배는 가치섬 봉(峰) 위에 구경 갔다가 내려왔으나 벌써 배를 띄워 대해의 중간쯤에 갔으므로 오르지 못하고 해변에 서서 손을 흔드니 또한 가관이었다. 지난 해 격구정에서 선바위를 보고 기이하여 돌아왔는데 금일 배가 선바위 밑에 이르니 신기하였다.

해가 거의 져 가니 행여 월출 보는 것이 늦을까 싶어 바삐 배를 대어 숙소에 돌아와 저녁을 급히 먹었다. 해가 다 지지 않아 귀경대에 오르니 오 리는 되었다.

귀경대를 가마 속에서 보니 높이가 아득하여 어찌 오를꼬 하였는데 사람이 많이 다녀 길이 반반하여 어렵지 아니 하였다. 올라간 후는 평안하여 좋고 귀경대 앞의 바닷속에 바위가 있는데 크기도 퍽 크고 형용 생긴 것이 거북이 꼬리를 끼고 엎딘 듯하였다. 천생으로 생긴 것이 공교로이 쪼아 만든 듯하여 귀경대라 하는 듯싶었다.

대상에 오르니 물 형계(形界)가 더욱 장하여 바다 넓이는 어떠하던고? 가이 측량 없고 푸른 물결치는 소리, 광풍 이는 듯하고 산악이 울리는 듯하니 천하의 끔찍한 장관이었다.

구월 기러기 어지러이 울고 한풍이 끼치는데 바다에 말도 같고 사슴도 같은 것이 물위로 다니기를 말 달리듯 하였다. 날 기운이 이미 침침하여 자서치 아니하고 보던 기생들이 연달아 괴이함을 말하는데 내 마음에 신기하기 어떠하리. 혹 해구라 하고 고래라 하지만 모를 일이었다.

해 완전히 다 지고 어두운 빛이 일어나 달 돋을 데를 바라보니 진애가 사면으로 끼고 모운이 창창하여 아마도 달 보기 황당하였다. 별러 별러 와서 내

마음 가이없기는 이르지 말고 차섬이、이랑이、보배 다 마누하님, 월출을 못 보시게 하였다 하고 소리하여 한하니, 그 정이 또 고마웠다.

달 돋을 때 못 미치고 어둡기 심하니 좌우로 초롱을 켜고 매화가 춘매로 하여금 대상에서 '관동별곡'을 시키니 소리 높고 맑아 집에 앉아 듣는 것보다 더욱 신기롭더라.

물 치는 소리 장하고 청풍이 슬슬이 일어나며 다행이 사면에 안개가 잠깐 걷히고 물밑이 일시에 통랑하였다. 붉은 복숭아빛 같은 것이 얼레빗 잔등 같은 것이 약간 비치더니 차차 내밀었다. 둥근 빛 붉은 폐백반만한 것이 길게 홍쳐 올라 붙는데, 차차 붉은 기운이 없어지고 온 바다가 일시에 희어졌다. 바다 푸른 빛이 희고희어 은처럼 맑고 옥같이 좋았다. 창파 만 리에 달 비치는 장관을 어찌 쉽게 보리오마는 사군이 세록지신(世祿之臣)으로 천은이 망극하여 외방에 부임하여 나랏것을 마음껏 먹고 나는 또한 사군의 덕으로 이런 장관을 보니 도무지 어느 것이 성주(聖主)의 은혜 아닌 것이 있으리오.

밤이 들어오니 바람이 차고 물 치는 소리 요란한데 성이가 추워하는 것이 민망하여 숙소로 돌아오니 기생들이 월출 관광이 쾌치 아닌 줄 애달파하였다. 나는 그것도 장관으로 아는데 그리들 하니 심히 서운하였다.

행여 일출을 못 볼까 노심초사하여 새도록 자지 못하고 가끔 영재를 불러 사공에게 물어보라 하니 내일은 일출을 쾌히 보시리라 한다 하였다. 마음이 미덥지 아니하여 초조하였다. 먼 데 닭 울음소리가 잦기에 기생과 비복을 마구 흔들어 어서 일어나라 하였다. 밖에 급창(及唱)이 와 관청 감관이 아직 너무 일찍어 못 떠나신다고 하였다. 곧이 아니 듣고 발발이 재촉하였다. 떡국을 쑤었으나 아니 먹고 바삐 귀경대에 오르니 달빛이 사면에 조용하고 바다가 어젯밤보다 희기가 더하였다. 광풍이 크게 일어나고 사람의 뼈에 사무치고 물결 치는 소리가 산악을 움직였다. 별빛이 말똥말똥 동편에 차례로 있어 날

이 새기는 멀었고 자는 아이 급히 깨워 왔더니 추워 날뛰었다. 기생과 비복이 다 이를 두드리며 떠니 사군이

"상(常) 없이 일찍이 와 아이와 부인이 다 큰 병이 나게 하였다."

하고 소리하여 걱정하니 내 마음이 불안하여 한 소르를 못하고 감히 추워하는 눈치를 못하고 죽은 듯이 앉았다. 날이 샐 가망이 없어 계속 영재를 불러 동이 트느냐고 물으니 아직 멀다고 계속 대답하였다. 물 치는 소리가 천지를 진동하고 찬 바람이 더욱 심하여 좌우 시인(侍人)이 고개를 기울여 입을 가슴에 박고 추워하였다.

매우 시간이 지난 후 동편의 성수(星宿)가 드물며 월색이 차차 엷어지고 홍색이 분명하였다. 소리치며 가마 밖에 나서니 좌우 비복과 기생들이 옹위하여 보려고 가슴을 졸였다. 이윽고 날이 밝으며 붉은 기운이 동편에 길게 뻗쳤으니 붉은 비단 여러 필을 물위에 펼친 듯, 만경창파가 일시에 붉어 하늘에 자욱하고 노하는 물결소리 더욱 장하며 홍전 같은 물빛이 황홀하여 수색이 조용하였다.

붉은 빛이 더욱 붉으니 마주 선 사람의 낯과 옷이 다 붉었다. 물이 굽이쳐 올라치니 밤에 물 치는 굽이는 옥같이 희더니 지금은 물굽이는 붉기 홍옥 같아서 하늘에 닿았으니 그 장관을 더 말할 것이 없다.

붉은 기운이 퍼져 하늘과 물이 다 조용해도 해가 아니 뜨니 기생들이 손을 두드려 소리하여 애달파 말했다.

"이제는 해 다 돋아 저 속에 들었으니 저 붉은 기운이 다 푸르러 구름이 되리라."

낙심하여 돌아가려 하니 사군과 숙시가

"그렇지 않아, 이제 보리라."

하셨다. 이랑이, 차섬이 냉소하여 말하기를,

"소인 등이 이번뿐아니라 자주 보았으니 어찌 모르겠습니까? 마나님 큰 병환 나실 것이니, 어서 갑시다."

하거늘, 가마 속에 들어앉았다. 봉우 어미 악을 쓰며 말했다.

"하인들이 다 말하기를 이제 해 나오리라 하는데 어찌 가시리요? 기생 아이들은 철 모르고 지레 그럽니다."

이랑이 박장하며,

"그것들은 돌아가서 모르고 한 말이니 곧이듣지 말라."

하였다.

"사공에게 물어 보라."

하니 사공이

"오늘 일출이 유명할 것입니다."

하거늘 내 도로 나섰다. 차섬이、보배는 내 가마에 드는 것을 보고 먼저 가고 계집종 셋도 먼저 갔다.

홍색이 거룩하여 붉은 기운이 하늘을 뛰노니, 이랑이 소리를 높여 나를 불러 저기 물 밑을 보라 외쳤다. 급히 눈을 들어 보니 물 밑에 붉은 구름을 헤치고 큰 실오라기 같은 줄이 나왔다. 기운이 진홍 같은 것이 차차 나오더니 그 위로 작은 회오리바람 같은 것이 붉기는 호박구슬 같고 맑고 통량하기는 호박보다 더 고왔다.

그 붉은 위로 흘흘 움직여 도는데 처음 났던 붉은 기운이 백지 반 장 나비만큼 반듯이 비쳤다. 밤 같던 기운이 해가 되어 차차 커지더니 큰 쟁반만하여 불긋불긋 번듯번듯 뛰놀았다. 적색이 온 바다에 끼치며 먼저 붉은 기운이 차차 가시고 해가 흔들며 뛰놀기를 더욱 자주 하였다. 항아리 같고 독 같은 것이 좌우로 뛰놀며 황홀히 번득여 두 눈이 어질하였다. 붉은 기운이 명랑하여 첫 홍색을 헤치고 하늘에 쟁반 같은 것이 수레바퀴로 변해 물속에서 치밀어

받치듯이 올라 붙었다. 항독 같은 기운이 스러지고 처음 붉어 겉을 비추던 것은 모여 소의 혀처럼 드리워 물속에 풍덩 빠지는 듯싶었다. 일색이 조용하며 물결의 붉은 기운이 차차 가시고 일광이 청랑하니 만고천하에 그런 장관은 비할 데 없을 듯하였다.

짐작에 처음 백지 반 장만큼 붉은 기운은 그 속에서 해가 장차 나려 하고 물이 우러나서 그리 붉었다. 그 회오리밤 같은 것은 짐짓 일색을 빻아 내니 우린 기운이 차차 가시며 독 같고 항아리 같은 일색이 모질게 고운 고로 보는 사람의 안력이 황홀하여 도무지 헛기운인 듯싶었나.

차섬이ㆍ보배는 내가 가마에 드니 먼저 가다가 도로 왔다.

장관을 기쁘게 보고 오려 할 때 촌녀들이 작별하려고 모여 손을 비비며 무엇 달라 하기에 돈냥을 주어 나누어 먹으라 하였다. 숙소로 돌아오니 기쁘기가 귀한 보물을 얻은 듯하였다.

조반을 급히 먹고 돌아올 때, 본궁(本宮)을 구경하라는 허락을 받고 본궁에 들어갔다. 궁전이 광활한데 분장을 두루 싸고 백토로 기와마루를 칠하였다. 팔작(八作)위에 기와로 사람처럼 만들어 화살 멘 것, 두 손을 마주잡고 공손히 선 것, 양이나 말 모양을 만들어 앉힌 것이 또한 볼 만하였다.

궁전에 들어가니 집이 그리 높지 아니하였으나 너르고 단청 채색이 영롱하여 햇빛에 조요하였다. 전(殿) 툇마루 앞에 태조대왕 빗갓은 다 삭아 겨우 보를 의지하고 은으로 일월옥루(日月玉樓) 입식(笠飾)의 빛이 새로워 있고 화살은 빛이 절어도 다른 더 상하지 아니 하였다. 등개도 새로운 데가 있으나 요대(腰帶)ㆍ호수(虎鬚)ㆍ활시위하던 실이 다 삭아 손 닿으면 묻어날 듯 무서웠다.

전문(殿門)을 여니, 감실네 위(位)에 도홍수화주에 초록 허리를 단 장(帳)을 하여 위마다 쳤으니 마음에 으리으리하고 무서웠다.

다 보고 나오니, 뜰 앞에 반송(盤松)이 있었다. 키가 작아 손으로 만져지고 양산같이 퍼지고 누른 잎이 있었다. 노송이 있는데 푸른 빛이 새로 나왔다. 다 친히 심으신 것이 여러 백 년 지났는데도 이리 푸르니 어찌 기이하지 아니리오.

뒤로 돌아 들어가니 큰 소나무 마주 섰는데 몸은 남자의 아름으로 두 아름은 되고 가지마다 용이 틀어진 듯 틀려 얹혔는데 높이는 다섯 길은 되고, 가지는 쇠하고 잎이 누르러 많이 떨어졌다.

옛날은 나무 몸에 구피로 쌌다고 하는데, 녹고 봇을 싸고 구리 띠를 하였다. 곧고 큰 나무도 사면을 들어 받쳤다.

다 보고 돌아 나오다가 동편을 보니 우물이 있는데 그리 크지 아니 하고 돌로 만들고 널로 짰다.보고 몇 걸음 나오니 굉장히 큰 밤나무가 섰는데 언제 나무인 줄을 알 수 없었다. 제기(祭器)놓인 데로 오니 다 은으로 만든 것이라 하는데 문을 잠궈 놓았기 때문에 못 보았다. 방아집에 오니 방아를 깨끗이 결고 집을 지었는데 너무나 깨끗하였다. 제물 하는 것만 찧는다 하였다. 세세히 다 보고 돌아오니 사군은 먼저 와 계셨다.

인생이 여러가지로 괴로워 위로 두 분 모두 아니 계시고, 알뜰한 참경(慘景)을 여러 번 보고, 동생이 영락(零落)하여 괴롭고 아픈 마음이 몸을 누르니 세상에 즐거운 흥이 전혀 없었다. 그런데 성주의 은덕이 망극하여 이런 대지에 와서 호의호식하고, 동명 귀경대와 운전(雲田) 바다와 격구정을 둘러보고, 필경에 본궁을 보고 창업태평 성군의 옥택(玉宅)을 사백 년 후에 이 무지한 여자로서 구경하니 어찌 자연하리오.

구월 십칠 일 가서 십팔 일 돌아와 이십일 일 기록한다. (연안 김씨(延安金氏)지음)

※ 독서백편의자현(讀書百遍義自見) : 뜻이 어려운 글도 자꾸 되풀이하여 읽으면 그 뜻을 스스로 깨우쳐 알게 된다.

[3] 「동명일기」를 필사하시오.

Chapter 05

수필 잘 쓰는 법

▶ 피천득의 「수필」을 검색해서 원고지에 필사하시오.

이 작품은 수필이라는 문학 장르에 대한 개념적 지식을 형상적, 비유적 언어로 친절하게 서술한, 수필로 쓴 수필론이다. 첫머리에 나오는 세련된 은유는 단 몇 마디 말 속에 수필의 온갖 특질들을 집대성해 놓은 우리 수필사의 최고의 명구이기도 하다.

이 작품은 '수필'이라고 하는 개념적 지식에 해당하는 것을 정서적이고 함축적 언어로 치환해서 보여주고 있는 문학의 창조성을 지녔기 때문에, 일종의 장르론임에도 불구하고 수필이라는 장르로 승화될 수 있었던 것이다.

수필은 원숙(圓熟)한 생활 체험에서 우러나오는 고아(高雅)한 글이고 독특한 개성과 분위기가 있어야 하며, 균형(均衡) 속에서도 파격(破格)을 할 줄 아는 마음의 여유를 가져야 한다는 것이 이 글의 귀결점이다. 작가의 내적 호흡을 따라가며 글을 읽다 보면 수필이 갖는 예술적 성격을 어느 정도 이해함은 물론, 수필을 쓰는 데 필요한 마음가짐과 자세를 배울 수 있는 글이다.

▶ 피천득의 「수필」을 검색해서 원고지에 필사하시오.

■ 피천득

호는 금아(琴兒). 1910년 5월 29일 서울 출생. 상해 호강대학 영문과를 졸업하였다.

광복 전에는 경성중앙산업학원 교원으로서 시작(詩作)과 영시 연구에 전념하였으며, 광복 이후에는 경성대학 예과 교수, 서울대 교수를 역임하였다. 1930년 『신동아』에 시 「서정소곡」을 발표하고 뒤이어 「소곡」(1931), 「가신 님」(1932) 등을 발표하여 시인으로서 기반을 굳혔다. 또한 수필 「눈보라치는 밤의 추억」(1933), 「나의 파일」(1934) 등을 발표하여 호평을 받았다. 시집 『서정시집』(1947), 『금아시문선』(1959), 『산호와 진주』(1969)를 간행하였다. 그의 시는 일체의 관념과 사상을 배격하고 아름다운 정조와 생활을 노래한 순수서정성으로 특징지어진다.이러한 서정성은 수필에서도 그대로 드러난다. 그의 수필은 일상에서의 생활감정을 친근하고 섬세한 문체로 곱고 아름답게 표현하고 있기 때문에 한 편의 산문적인 서정시를 읽는 듯한 느낌을 준다. 이로 인해 그의 수필은 서정적 명상적 수필의 대표작으로 평가된다. 수필집으로 「수필」(1977), 「삶의 노래」(1994), 「인연」(1996), 「내가 사랑하는 시」(샘터사, 1997) 등이 있다.

수필은 요약 형식에 구애됨이 없이 생각나는 대로 붓 가는 대로 견문이나 체험, 또는 의견이나 감상을 적은 산문 형식의 글이다.

중국 남송때 홍매의 「용재수필」 서문에 "나는 버릇이 게을러 책을 많이 읽지 못하였으나 뜻하는 바를 따라 앞뒤를 가리지 않고 써 두었으므로 수필이라고 한다."라는 말이 보이고, 한국에서는 박지원의 연경 기행문 「열하일기」에서 일신수필이라는 것이 처음으로 보인다.

프랑스어의 에세(essai)는 시도 ·시험의 뜻이 있는데 이 말은 '계량하다', '음미하다'의 뜻을 가진 라틴어 '엑시세레(exigere)'에 그 어원이 있다.

영어의 essay는 프랑스어의 essai에서 온 말이다. 에세라는 말을 작품 제목으로 처음 쓴 사람은 프랑스의 몽테뉴이며 그의 수상록(隨想錄, 1580)은 에세라는 제목을 붙인 서책으로서는 서양 최초의 저서이다. 어원으로 볼 때, 동서양의 수필의 개념은 거의 일치한다.

수필은 일반적으로 사전에 어떤 계획이 없이 어떠한 형식에 구애받지 않고 자기의 느낌·기분·정서 등을 표현하는 산문 양식의 한 장르이다. 그것은 무형식의 형식을 가진 비교적 짧고 개인적이며 서정적인 특성을 가진 산문이라고 할 수 있다. 전기 홍매의 정의나 "수필은 한 자유로운 마음의 산책, 즉 불규칙하고 소화되지 않는 작품이며, 규칙적이고 질서 잡힌 작문이 아니다."라는 S.존슨의 정의나, "수필은 마음속에 표현되지 않은 채 숨어 있는 관념·기분·정서를 표현하는 하나의 시도다. 그것은 관념이라든지 기분·정서 등에 상응하는 유형을 말로 창조하려고 하는 무형식의 시도다." 라는 M.리드의 정의 등도 모두 대동소이하다.

수필은 그 정의가 좀 막연한 것과 같이 종류의 분류도 일정하지 않다. 보통 일기 · 서간 · 감상문 · 수상문 · 기행문 등도 모두 수필에 속하며 소평론도 여기에 포함시킬 수 있다.

수필을 에세이와 미셀러니(miscellany)로 나누는 이가 있는데 전자는 어느 정도 지적 · 객관적 · 사회적 · 논리적 성격을 지니는 소평론 따위가 그것이며, 후자는 감성적 · 주관적 · 개인적 · 정서적 특성을 가지는 신변잡기, 즉 좁은 뜻의 수필이 이에 속한다.

영문학의 경우를 전제로 하여 포멀 에세이와 인포멀 에세이로 나누는 이도 있는데, 인포멀이란 정격이 아니라는 뜻이므로 전자는 소평론 따위, 후자는 일반적인 의미의 수필에 해당한다.

또 중수필 · 경수필 · 사색적 수필 · 비평적 수필 · 스케치 · 담화수필 · 개인수필 · 연단수필 · 성격소묘수필 · 사설수필 등으로 나누는 사람도 있다.

수필의 기원에 대해서는 이설이 많다.

테오프라스토스의『성격론』, 플라톤의『대화편』, 로마시대의 키케로, 세네카, 그리고 마르쿠스 아우렐리우스의『명상록』등도 수필이라고 할 수 있으나 프랑스의 몽테뉴의『수상록』을 수필의 원조로 보는 것이 통설이다.

영국 수필의 원조는 그보다 17년 늦은 F.베이컨의『수상록』을 꼽는데 영국에는 그 이후에 C.램, W.해즐릿, L.헌트, T.드 퀸시 등의 유명한 수필가가 배출되었다.

특히 램의『엘리아의 수필,1823』은 시정인의 여유와 철학이 깃들어 있으며 신변적·개성적 표현이면서도 인생의 참된 모습이 묘사되어 있고, 영국적 유머와 애상이 잘 드러나 있다.

한국에서는 김만중의 서포만필, 편자 · 연대 미상의 조선초의 대동야승, 유형원의 반계수록, 그리고 고려 때의 이인로의 파한집, 최자의 보한집 등으로 거슬러 올라갈 수 있다.

그러나 근대 최초의 수필은 유길준의 서유견문 (1895)이며, 이어 최남선의 백두산 근참기, 심춘 순례(1927), 이광수의 금강산 유기 등이 간행되었으나 이것들은 모두 기행문으로서의 수필이다.

그뒤 김진섭의 인생 예찬, 생활인의 철학, 이양하의 이양하 수필집, 계용묵의 상아탑 등이 나왔으며, 이 밖에 조연현, 피천득, 안병욱, 김형석, 김소운 등의 등장으로 한국의 수필 문학은 종래의 기행문적인 것에서 벗어나 다양하고 깊이 있는 인생 체험에서 나왔다고 할 수 있다.

[1] 정극인의 「상춘곡」을 필사하시오.

상춘곡

속세에 묻혀 사는 분들이여, 이 나의 생활이 어떠한가? 옛 사람들의 풍류를 내가 미칠까 못 미칠까?

세상에 남자로 태어나 나만한 사람이 많지만 자연에 묻혀 사는 지극한 즐거움을 모르는 것인가?

몇 칸짜리 작은 초가집을 맑은 시냇물 앞에 지어 놓고, 소나무와 대나무가 우거진 속에 자연의 주인이 되었구나!

엊그제 겨울 지나 새봄이 돌아오니, 복숭아꽃과 살구꽃은 저녁 햇빛 속에 피어 있고, 푸른 버드나무와 꽃다운 풀은 가랑비 속에 푸르도다.

칼로 재단해 내었는가, 붓으로 그려 내었는가? 조물주의 신비스러운 솜씨가 사물마다 야단스럽구나!

수풀에서 우는 새는 봄기운을 이기지 못하여 소리마다 아양을 떠는 모습이로다.

자연과 내가 한 몸이니 흥겨움이야 다르겠는가? 사립문 주변을 걷고 정자에 앉아 보기도 하니, 천천히 거닐며 시를 읊조려 산속의 하루가 적적한데,

한가로운 가운데 참된 즐거움을 아는 사람이 없이 혼자로구나.

이봐 이웃들아, 산수 구경 가자꾸나. 산책은 오늘 하고 냇물에서 목욕하는 것은 내일 하세. 아침에 산나물 캐고 저녁에 낚시질하세.

막 익은 술을 간건으로 걸러 놓고, 꽃나무 가지를 꺾어 잔 수를 세면서 먹으리라.

화창한 바람이 문득 불어서 푸른 시냇물을 건너오니, 맑은 향기는 술잔에 가득하고 붉은 꽃잎은 옷에 떨어진다.

술동이가 비었으면 나에게 알리어라 심부름 하는 아이에게 술집에 술이 있는지 없는지 물어 어른은 지팡이 짚고 아이는 술을 메고,

고운 모래가 비치는 맑은 물에 잔을 씻어 술을 부어 들고, 맑은 시냇물을 굽어 보니 떠내려오는 것이 복숭아꽃이로다.

무릉도원이 가까이 있구나. 저들이 바로 그곳인가?

소나무 사이 좁은 길로 진달래꽃을 손에 들고, 산봉우리에 급히 올라 구름 속에 앉아 보니, 수많은 촌락들이 곳곳에 벌여 있네.

안개와 노을과 빛나는 햇살은 비단을 펼쳐 놓은 듯, 엇그제까지 검은 들판이 이제 봄빛이 넘치는구나.

공명도 나를 꺼리고 부귀도 나를 꺼리니, 아름다운 자연 외에 어떤 벗이 있을까.

가난한 처지에 헛된 생각 아니 하네. 아무튼 한평생 즐거움을 누리는 것이 이만하면 족하지 ~

■ **정극인**

조선 전기의 문신 · 학자(1401~1481). 자는 가택(可宅). 호는 불우헌(不憂軒)、다헌(茶軒)、다각(茶角). 단종이 왕위를 빼앗기자 벼슬을 버리고 고향에서 후진을 가르쳤다. 국문학사상 최초의 가사인 「상춘곡」을 지었으며, 문집에 『불우헌집』이 전한다.

[1] 정극인의 「상춘곡」을 필사하시오.

[2] 정비석의 「산정무한」을 검색해서 필사하시오.

■ 정비석

1911-1991. 본명은 정서죽이다. '비석'은 스승이었던 김동인이 지어준 이름이다. 1911 평안북도 의주 출생. 1932 일본 니혼 대학 문과 중퇴. '매일신보' 기자 근무. 1935 시 '도회인에게', '어린것을 잃고'와 소설 '여자', '소나무와 단편나무' 발표. 1936 동아일보 신춘문예에소설 '졸곡제' 입선. 1937 조선일보 신춘문예에 '성황당' 당선. 일제 강점기에 친일 문인 단체인 조선문인보국회 간사 역임. 해방 후 '중앙신문' 문화부장 역임. 서울신문에 '자유부인'연재, 당시 지식인 계층의 대표 격인 교수와 그 부인의 모습을 통해 사회의 타락상을 드러내고 있어 사회적인 논란의 대상이 되었으며, 이러한 '자유부인 논쟁'으로 인해 서울신문의 판매부수는 세 배로 뛰어 오랐으며 '자유부인'은 국내 최초의 베스트셀러가 되었다. . 1976 조선일보에 장편 '명기열전' 연재. 1980 장편 '민비' 발표. 1981-1989 한국경제신문에 장편 '손자병법', '초한지', '김삿갓 풍류 기행' 연재. 소설집으로 '청춘의 윤리', '성황당', '고원' 등 80여권이 있고 수필집으로 '비석과 금강산의 대화', '노변정담' 평론집으로 '소설작법' 이 있다. 1991 서울에서 숙환으로 별세했다.

[2] 정비석의 「산정무한」을 검색해서 필사하시오.

[3] 송강 정철의 「관동별곡」, 「속미인곡」, 「사미인곡」, 「성산별곡」을 정독하시오.

■ 정철

조선 중기의 시인이자 문신이자 정치인이며 학자, 작가이다. 본관은 연일(延日, 또는 迎日), 자는 계함(季涵)이고, 호는 송강(松江) · 칩암거사(蟄菴居士)이며 시호는 문청(文淸) 이다. 총마어사(驄馬御史), 동인백정 이라는 별명을 가지고 있다. 돈령부 판관(敦寧府 判官)을 지낸 정유침(鄭惟沉)의 아들이며, 인종의 후궁인 귀인 정씨의 남동생이다. 1562년 문과에 급제하여 관직은 의정부 좌의정에 이르렀으며, 인성부원군에 봉군되었다. 정여립의 난과 기축옥사 당시 국문을 주관하던 형관으로 사건 추국을 담당하였으며, 기축옥사 수사 지휘의 공로로 추충분의협책평난공신(推忠奮義協策平難功臣) 2등관에 책록되었다. 훗날 심문 과정에서 동인에 대한 그의 처결이 지나치게 가혹하여 '동인백정'이라는 별명을 얻었으며, 동인들로부터 원한을 많이 샀다. 또한 서인의 정권 재장악을 위해 '정여립의 모반사건'을 조작했다는 의혹을 받고 있다.세자 건저문제(1591)를 계기로 귀양에 위리안치되었고, 임진왜란 직후 복귀하였다. 전란 초기에 양호체찰사 직을 수행하였으나, 알콜 중독으로 업무를 소홀히하다가, 명나라에 사은사로 가서는 일본군이 철수했다는 가짜 정보를 올린 일로 사직하고 강화도에 우거하던 중 사망하였다.

당색으로는 서인의 지도자였고, 이이, 성혼 등과 교유하였다. 학문적으로는 송순 · 김인후 · 기대승(奇大升) · 임억령 · 양응정(梁應鼎)의 문인이다. 『관동별곡』등 가사와 한시를 지었으며, 당대 시조문학 가사문학의 대가로서 시조의 윤선도와 함께 한국 시가사상 쌍벽으로 일컬어진다.

Chapter
06 동화책은 어떻게 읽어야 할까요?

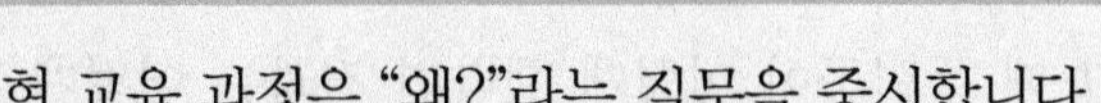

현 교육 과정은 "왜?"라는 질문을 중시합니다.

"엄마, 자장면이 먹고 싶어요."

"그래? 그럼 먹으러 가자."

그렇게 말하는 것은 지난 과거 교육 과정입니다.

지금의 개정 교육 과정은 이렇게 말해야 합니다.

"우리 대장이 자장면이 먹고 싶구나. 그런데 볶음밥도 있고 짬뽕도 있고 우동도 있는데 왜 자장면이 먹고 싶지?"

이 물음에 아이가 "그냥 먹고 싶어요."라고 대답했다면 그것 또한 지난 과거 교육 과정 스타일입니다.

이제 아이는 "왜?" 라는 엄마의 물음에 구체적으로 또박또박 '자장면이 먹고 싶은 이유'를 말해야 합니다. 그것이 지금의 개정 교육 과정에서 추구하는 것입니다.

결국 공부의 핵심은 근원을 따져 밝히고 자신의 의견을 논리적으로 진술하는 데 있습니다. 그것이 바로 논술이며, 이 훈련은 어렸을 때부터 꾸준히 길러주어야 합니다.

우리는 아이들에게 동화책을 읽힙니다. 책을 읽은 아이에게 엄마는 이렇게 묻습니다.

"재미있니?"

아이는 대답합니다.

"네."

그걸로 끝입니다.

동화는 우리 아이들에게 꿈과 용기와 올바른 삶의 방식을 가르쳐줍니다.

그것을 좀더 확실하게 깨우치게 하려면, "재미있니?"라는 질문만으로는 곤란합니다.

"왜 그랬을까?", "만일에 그 때 주인공이 이렇게 했다면 결과는 어떻게 달라졌을까?", "잠깐만, 그 방법밖에 없었을까?"

우리 아이들의 호기심을 자극하고 생각을 확장시킬 수 있는 질문을 던져 준 다음에 조리 있는 답을 말할 수 있도록 유도해야 합니다.

그리고 그것을 글로 쓰면 논술이 되는 것입니다.

단순히 읽는 것에서 그치는 것이 아니라 내용의 확실한 이해를 바탕으로 생각을 넓혀 갈 수 있도록 독서를 해야 합니다.

그러면 우리 아이들의 사고력과 탐구력이 무럭무럭 자랄 것입니다. 그것이 공부의 핵심입니다.

(대입『한샘국어』저자 서한샘)

【어린이 독서법】

① 어린이들이 책을 무턱대고 읽기보다는 '왜?'라는 질문을 던질 줄 아는 비판력을 키워야 합니다.

② 책을 스폰지처럼 받아들였던 재미, 감동, 교훈보다는 '생각바꾸기'를 통해 창의력, 사고력을 키워야 합니다.

③ 책을 '많이 읽기'가 아닌 '꼼꼼하게 읽기'를 더 중요하게 여기는 깊이 있는 독서를 해야 합니다.

④ 이미 머릿속에 박힌 한 가지의 '정해진 답'을 버리고 '열 개의 답'을 새로이 이끌어내는 독서를 해야 합니다

⑤ 복종과 체념, 흑백논리, 옳고 그름 등 판에 박힌 지식을 버리고 내 생각으로 파악할 줄 아는 판단력을 길러야 합니다.

※ 비판적 사고 : 어떤 사태에 처했을 때 감정 또는 편견에 사로잡히거나 권위에 맹종하지 않고 합리적이고 논리적으로 분석 · 평가 · 분류하는 사고 과정. 즉, 객관적 증거에 비추어 사태를 비교·검토하고 인과관계를 명백히 하여 여기서 얻어진 판단에 따라 결론을 맺거나 행동하는 과정을 말한다.

Chapter 07

독서 감상문 잘 쓰는 법

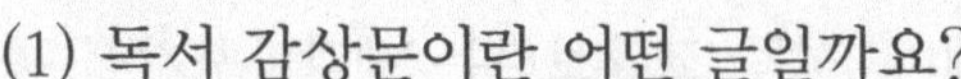

(1) 독서 감상문이란 어떤 글일까요?

독서 감상문이란 책을 읽고 난 후에 느낀 감정이나 새로 알게 된 사실을 글로 나타내는 것입니다. 그렇기 때문에 독서 감상문은 사고력을 늘이는 데 큰 보탬이 될 뿐만 아니라 줄거리를 가다듬는 동안 중요한 핵심을 잡아내는 능력을 키워줍니다.

독서 감상문은 줄거리를 요약하는 것이 아닙니다.

독서 감상문은 글쓴이의 생각과 느낌이 중심이 되어야 합니다.

주의할 점은 느낌만 써도 안 되고, 줄거리만 줄여 써도 안 된다는 것입니다. 주인공의 행동, 어떤 대목 등 책의 내용과 함께 자신의 생각을 써야 합니다.

책 속의 내용을 우리의 생활과 비교해 보고 자기의 경험과 연결시켜 좋고 나쁨을 따져 보면서 마음속으로 느낀 감정을 솔직히 적어야 합니다.

(2) 독서 감상문은 왜 쓸까요?

① 읽은 책의 내용과 느낌을 다시 맛볼 수 있습니다.

② 책에서 받은 감동을 오랫동안 기억할 수 있습니다.

③ 생각의 폭이 넓어지고 책 읽은 보람을 느낄 수 있습니다.

④ 새로운 지식을 얻을 수 있는 기회가 됩니다.

(3) 바른 독서법은 왜 필요할까요?

① 위인전을 잘 읽는 법

* 어느 시대의 사람이었나?

* 어린 시절에는 어떤 생활을 하였나?

* 어떤 생각과 행동을 하였나?

* 그가 남긴 업적은 무엇인가?

* 다른 사람들이 어떤 부분을 존경하였나?

* 우리가 본받을 점은 무엇인가?

② 동화를 잘 읽는 법

* 언제, 어디에서 일어난 이야기인가?

* 주인공의 성격은 어땠나?

* 주인공이 한 일은 무엇인가?

* 이야기의 줄거리는 어떻게 진행되었나?

* 주인공의 어떤 점이 감명 깊었나?

* 작품 중에서 무엇이 나에게 감동을 주었나?

* 가장 인상 깊었고 기억에 남는 장면은 무엇인가?

③ 그 외의 글을 잘 읽는 법

* 어떤 내용인가?

* 이 책을 읽고 새로 알게 된 사실은 무엇인가?

* 새롭게 알게 된 지식이 나에게, 사회에 어떤 영향을 줄 것인가?

* 내가 알고 있던 지식과 무슨 차이가 있으며 어떻게 연결시킬 것인가?

(4) 독서 감상문은 어떻게 써야 할까요?

① 제목 정하기

② 내용 파악하기

③ 줄거리 정리하기

④ 느낌 정리하기

⑤ 소감 정리하기

⑥ 마지막 정리

[1]『어린 왕자』를 읽고 800자 이내로 독서 감상문을 쓰시오.

■ 셍텍쥐페리

생텍쥐페리의 어린 시절의 모습은『어린왕자』의 주인공과 너무나 흡사하다. 곱슬곱슬한 갈색 머리털을 가진 이 소년은 눈앞에서 벌어지는 온갖 사소한 일들을 경이와 찬탄으로 바라보았고, 유난히 법석을 떨고 잔꾀가 많은 반면, 항상 생기가 넘치고 영리했다.

감성이 풍부하고 미지에 대한 열정이 넘치던 생텍쥐베리는 1917년 6월, 대학 입학 자격 시험에 합격한 후 파리로 가서 보쉬에 대학에 들어가 해군사관학교에 들어갈 준비를 하였으나 구술 시험에서 실패했기 때문에 파리 예술 대학에 들어가 15개월간 건축학을 공부했다.『어린왕자』에 생텍쥐베리가 직접 삽화를 그릴 수 있었던 것은 이때의 공부때문이기도 했다.

군대에 입대한 후 비행기 수리하는 작업에 복무하다가 비행기 조종사의 자격증을 따게 된 후 공군 조종사로 있다가 약혼녀의 반대로 제대했다. 자동차 회사, 민간항공회사에 각각 근무하다가 에르 프랑스의 전신인 라떼꼬에르 항공 회사에 입사하여『야간 비행』의 주인공인 리비에르로 알려진 디디에도라를 알게 되고 다카르-카사블랑카 사이의 우편 비행을 하면서 밤에는『남방 우편기』를 집필하였다. 1929년 아르헨티나의 항공회사에 임명되면서 조종사로 최고의 시간을 보내게 된다. 이때의 경험을 토대로『야간 비행』를 집필했다.

1930 년에는『남방 우편기』가 출간되었고, 민간 항공 업무에 봉사한 대가로 레지옹도뇌르훈장을 받았다. 그해 6월 13일에서 20일 사이 생텍쥐페리는 안데스 산맥을 무착륙 비행하며 실종된 친구 기요메를 찾기 위해 고심하다가 기요메가 구조되었음을 알고, 그를 비행기에 태우고 멘도자를 거쳐 부에노스 아이레스까지 데려온다. 1931년 회사를 그만두었으나『야간 비행』이 페미나 문학상을 받음으로써 이제 그는 작가로서 공히 인정을 받게 되었다.『야간 비행』은 곧 영어로 번역되어 미국인들에 의하여 영화화되기까지 하나 그의 재정적 궁핍은 여전하기만 했다.결국 이듬해에 다시 우편 비행 회사에서 일을 시작했다. 1년 남짓 되어 생라파엘에서 사고를 당했으며 35세 되던 해에도 리비아 사막에 출동했다가 불시착하여 겨우 목숨을 건졌다.

1939년 몇 년 동안 조종사로 일하면서 틈틈히 쓴『인간의 대지』가 출간되고『바람과 모래와 별들』이라는 제목으로 미국에서 출판되어「이 달의 양서」로 선정될 만큼 인기를 얻었다. 1939년「인간의 대지」가 아카데미 프랑세즈의 소설 대상을 받는다. 1943년에는『어린왕자』를 발표하였다.

제2차 세계대전이 발발하자 군용기 조종사로 종군하여 위험한 상황에 계속 참여하였다. 결국 국가 당국의 만류에도 불구하고 1944년 44세 되던 해에 최후의 정찰 비행에 출격하였다가 행방불명되었다.

※ 독서는 단순히 지식의 재료를 공급할 뿐 그것을 자신의 것으로 만드는 것은 사고의 힘이다.
- 존 로크

어린 왕자

어린 왕자

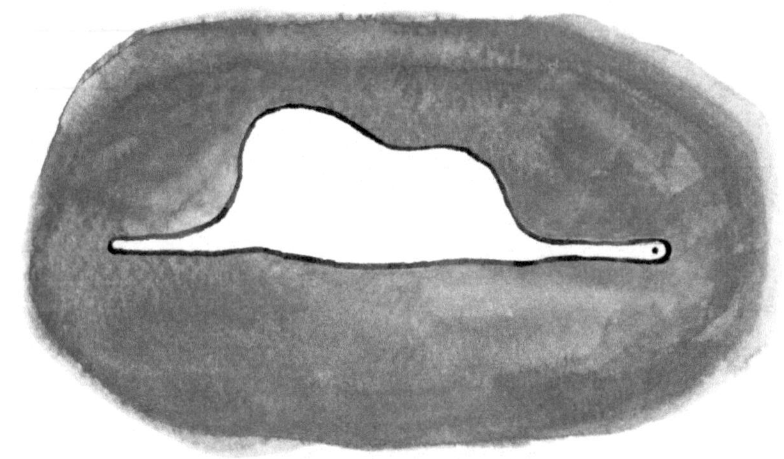

여섯 살 때, 나는 책 속에서 아주 근사한 그림 하나를 보았는데, 보아 구렁이가 어떤 큰 짐승을 집어삼키는 그런 그림이었다.

나는 그 그림을 보고, 나무가 우거진 밀림을 생각하며 색연필로 보아 구렁이가 코끼리를 삼킨 모습을 그렸다. 그리고 어른들에게 보여주며 무섭지 않냐고 물어 보았다. 그러면 어른들의 대답은 항상 똑같았다.

"무섭지 않냐구? 모자 그림을 보고 무서워할 사람이 어디 있니?"

내 장래 희망은 화가가 되는 것이었다. 하지만 그 일이 있은 후, 나는 화가의 꿈을 깨끗하게 버렸다.

화가의 꿈을 접고 난 뒤에 나는 비행기 조종사 공부를 시작하였다.

그리고 비행기 조종사가 된 후에 세계 방방곡곡을 날아다니면서 많은 사람을 만났다. 사람들은 쉽게 사귈 수 있었다. 나는 현명한 사람을 만나면 반드시 어린 시절에 그렸던 그 그림을 보여주고는 했다.

"아, 모자 그림이네."

여자건, 남자건 한결같이 그렇게 대답하고는 했다.

그래서 나는 마음을 터놓고 이야기할 사람도 없이 쓸쓸하게 살아갈 수밖에 없었다.

그런 외로움은 육 년 전 사하라 사막에서 비행기 사고를 당했을 때까지 계속되었다. 사하라 사막 어딘가를 날다가 엔진이 고장나고 말았던 것이다.

그 날 밤, 나는 세상으로부터 수천 마일이나 떨어진 외로운 사막에서 잠이 들었다. 넓은 바다 한복판에서 표류하는 사람보다 더 외롭고 쓸쓸했다.

그런데 다음 날 해가 뜰 무렵이었다. 어떤 작은 목소리가 나를 깨웠다. 나는 깜짝 놀라 눈을 뜨고 소리나는 쪽을 바라보았다.

"아저씨…… 양 한 마리만 그려 줘!"

이상한 옷을 입은 사내아이가 나를 뚫어지게 바라보고 있었다.

피곤해 보이지도 않았고, 배고픔이나 목마름으로 지쳐 보이지도 않는 얼굴이었다. 나처럼 사막에서 사고를 당해 헤매는 모습도 아니었다.

"부탁이야……. 양을 한 마리 그려 줘……."

아이는 그런 말만 되풀이했다.

나는 정신을 차리고 호주머니에서 종이 한 장과 만년필을 꺼냈다.

그리고 잠깐 생각하다가 예전에 내가 그렸던 그 그림을 그려 주었다.

그런데 아이는 놀랍게도 이렇게 말했다.

"보아 구렁이는 위험해. 그리고 코끼리는 귀찮은 동물이야. 내가 사는 곳은 아주 조그맣거든. 내게는 양이 필요해. 양을 한 마리만 그려 줘."

다시 다른 그림을 그려 주었지만 아이는 계속 마음에 들어하질 않았다.

해가 점점 뜨거워지고 있었다. 마음이 조급해진 나는 상자 한 개를 아무렇게나 그려 주며 말했다.

"여기 이 안에 네가 원하는 양이 들어 있어."

그런데 뜻밖에도 아이는 환하게 웃으며 좋아했다.

"이거야말로 바로 내가 바라던 거야! 이 양은 풀을 많이 먹을까?"

나는 어리둥절해하며 물었다.

"왜 그런 걸 묻지?"

"내가 사는 별은 아주 조그맣거든. 풀이 많지 않아."

"걱정할 것 없어. 그 양은 아주 작으니까 풀을 많이 안 먹어."

그렇게 해서 나는 어린 왕자를 알게 되었다.

어린 왕자는 내 비행기에도 호기심이 많았다.

나는 내 비행기를 자랑스럽게 설명했다. 그리고 어쩌다 이 사막에 떨어지게 되었는지도 말해 주었다.

"그럼 아저씨도 하늘에서 왔잖아! 아저씨는 어느 별에서 왔어?"

그 순간 나는 수수께끼 같은 어린 왕자를 조금 이해할 수 있을 것 같았다.

"너는 어디서 왔지? 내가 그려 준 양은 어디로 데려갈 생각이니?"

내가 묻자 어린 왕자는 조용히 입을 열었다.

"다행이야. 아저씨가 그려 준 상자는 밤에 양의 집으로 쓸 수 있으니까……."

"네가 원하기만 하면, 낮에 양을 매 놓을 수 있는 끈도 그려 줄게. 그리고 말뚝도 그려 주고."

"양을 매 놓다니! 참 우스운 생각이네……."

"매 놓지 않으면 이리저리 돌아다니다가 길을 잃어버릴지도 모르잖아……."

"괜찮아. 내가 사는 별은 아주 작으니까!"

그렇게 대답하고 어린 왕자는 약간 서글픈 표정으로 다시 덧붙였다.

"양들이 앞으로 곧장 간다 하더라도 멀리 갈 수가 없는걸."

사흘째 되던 날, 나는 여러 가지를 알게 되었다. 어린 왕자가 사는 별은 집 한 채 크기도 안 되는 아주 작은 별이라는 것을.

그런데 어린 왕자의 별에는 무시무시한 바오밥 나무의 씨앗이 있었다.

바오밥 나무는 싹을 뽑아 버릴 기회를 놓치면 영영 없앨 수가 없게 된다. 쑥쑥 자라 뿌리로 별을 뚫어 버리고 나중에는 작은 별을 산산조각 내고 마는 것이다.

"그림 속의 양들이 바오밥 나무의 싹을 먹어치울 거야."

어린 왕자는 흐뭇한 표정으로 말했다.

그리고 이런 말을 해 주었다.

"우리 별은 워낙 작아서 해지는 풍경이 보고 싶어지면 의자를 약간 뒤로 물러 놓기만 하면 돼. 그러면 언제든 석양을 바라볼 수 있어."

그리고 잠시 후 다시 덧붙였다.

"어느 날 나는 해가 지는 걸 마흔세 번이나 바라본 적도 있었어!"

나는 그런 말을 들으며 어린 왕자가 사는 별이 얼마나 작은지 짐작할 수 있었다.

"나는 내가 좋아하는 꽃 한 송이를 별에 두고 떠나왔어."

어린 왕자는 그렇게 말하고는 다시 슬픈 표정을 지었다.

다섯째 되는 날, 어린 왕자가 걱정스러운 표정으로 물었다.

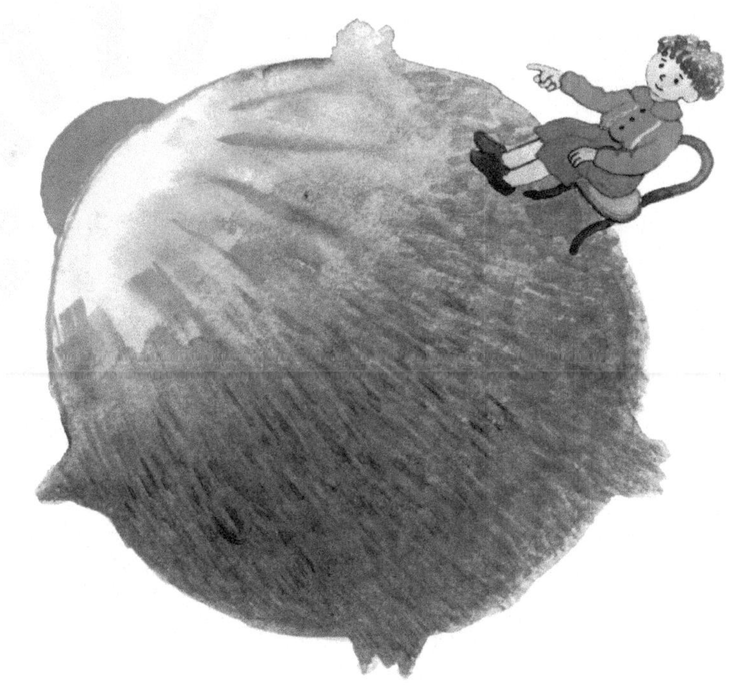

"양은 바오밥 나무 싹을 먹으니까 가시가 있는 꽃도 먹어?"

"그럼, 가시가 있는 꽃도 먹고 말고."

"그럼 가시는 꽃에게 무슨 소용이 있어?"

"가시는 아무짝에도 소용이 없어. 그건 꽃들이 공연히 심술부리는 거지."

어린 왕자는 원망스럽다는 듯이 나를 보았다.

"믿을 수 없어! 꽃들은 연약해. 순진하고. 그래서 꽃들은 가시로 자신의 몸을 보호하는 거야. 가시가 있으면 무서운 존재가 된다고 생각하는 거야……."

나는 아무 대꾸도 하지 않았다. 얼른 비행기를 고쳐야지, 그 생각만 하고 있었다. 날은 점점 뜨거워지고 있었고, 마실 물은 거의 바닥을 보이고 있어 마음이 조급했던 것이다.

"그럼 아저씨 생각으로는 꽃들이……."

"그만해 둬! 지금 나는 아주 중요한 일을 하고 있는 중이야!"

나는 일을 방해하는 어린 왕자를 나무라듯 버럭 고함을 질렀다. 어린 왕자는 깜짝 놀란 표정을 지으며 물었다.

"중요한 일이라고?"

손에는 망치가 들려 있고, 손가락에는 시커먼 기름이 더덕더덕 묻어 있는 모습으로 온통 비행기에 신경을 쓰고 있는 나를 어린 왕자는 한참 동안 바라보았다. 그러다 흐느껴 울기 시작했다.

나는 쥐고 있던 연장을 놓아 버렸다. 울고 있는 어린 왕자를 보는 동안 망치도 볼트도 목마름도, 심지어 죽음까지도 모두 우습게 여겨졌다.

나는 두 팔로 어린 왕자를 껴안았다. 그리고 부드럽게 흔들면서 말했다.

"네가 사랑하는 꽃은 위험하지 않을 거야……. 너의 양에게 굴레를 그려 줄게. 그리고 네 꽃에게는 단단한 옷을 그려 주고……."

나는 더 이상 말을 이어갈 수가 없었다. 내게는 아무 힘이 없다는 것을 새삼 느꼈던 것이다.

어린 왕자의 별에는 예쁜 꽃 한 송이가 있었다.

어느 날, 어린 왕자는 풀 사이에서 돋아난 낯선 싹을 주의 깊게 살펴보았다.

그 싹은 쑥쑥 자랐고, 언제부터인가는 성장을 멈추었다. 그런 뒤 커다란 꽃망울을 매달았다.

그리고 어느 날 아침, 해가 둥실 떠오르는 그 시각에, 그 꽃은 드디어 모습을 드러냈다.

어린 왕자는 아름다운 꽃의 모습에 연신 감탄을 했다.

"참 아름다우시군요!"

"나는 해가 태어나는 것과 같은 시각에 태어났답니다."

어린 왕자는 그 꽃이 별로 겸손하지 않다는 것을 금방 알아챘다. 그래도 너무 아름다워 눈을 뗄 수가 없었다.

"난 가시를 갖고 있어서 호랑이는 조금도 무섭지 않지만 세차게 휘몰아치는 바람은 아주 싫답니다. 혹시 바람막이를 가지고 있으세요?"

이렇게 그 꽃은 태어나자마자 허영심과 자만심으로 어린 왕자를 괴롭혔다.

"밤이 되면 나를 위해 유리 덮개를 씌워 주세요. 이 별은 매우 춥군요. 꽃이 살기에는 적당한 곳이 아니에요. 전에 내가 살던 곳은……."

그러나 꽃은 말을 잇지 못했다. 이 곳에 올 때 씨앗으로 왔기 때문에 다른 별에 대해 아는 것이 있을 리가 없었다.

거짓말한 것이 부끄러웠던지 꽃은 바람 때문에 기침이 나오기라도 하는 것처럼 콜록거렸다.

어린 왕자는 꽃을 사랑했지만 아무렇게나 말하는 꽃을 차츰 의심하기 시작했다. 그래서 몹시 불행해지고 말았다.

어린 왕자는 내게 그런 말을 들려주고 다시 덧붙였다.

"꽃들의 말에는 귀를 기울이면 안 되는 일이었어. 그 꽃의 말이 아니라 행동을 보고 판단했어야 옳았어. 그 꽃은 나에게 향기를 풍겨 주고 마음을 환하게 해 주었어. 나는 그 꽃 곁에서 도망치지 말았어야 했어! 그 가련한 꾀 뒤에 나를 향한 애정이 숨어 있다는 걸 눈치 챘어야 하는 건데……. 하지만 난 너무 어려서 그를 사랑할 줄 몰랐던 거야."

철새를 따라 길을 떠나기로 결심한 날, 어린 왕자는 별을 정돈하기 시작했다. 먼저 불을 뿜는 화산 세 개를 정성 들여 청소했다. 그 화산은 아침밥을 하는데 아주 편리했다.

불이 꺼진 화산도 하나 있었다. 어린 왕자는 그 화산도 잘 청소해 놓았다.

어린 왕자는 좀 서글픈 심정으로 바오밥 나무의 마지막 싹들을 뽑아 냈다. 그런 뒤에 꽃에게 물을 주었다. 이제 떠나면 다시는 돌아오지 못할 것이라고 생각했던 것이다.

그런데 꽃에게 물을 주고 유리 덮개로 잘 씌워 주려고 할 무렵 그만 울음이 터져 나오려고 했다.

"잘 있어."

어린 왕자가 인사를 하자 꽃이 콜록콜록 기침을 했다. 감기에 걸려서가 아니었다. 울음이 터지려고 했기 때문이었다.

"내가 어리석었어. 용서해 줘. 부디 행복해지길 바래."

꽃이 그렇게 말하자, 어린 왕자는 유리 덮개를 손에 든 채 어리둥절한 표정으로 꽃을 보았다. 꽃의 갑작스런 변화를 이해할 수 없었기 때문이었다.

"그래, 난 너를 좋아했어. 넌 그걸 전혀 모르는 것 같았어. 그래도 상관없어. 나도 어리석었지만 너도 나와 마찬가지로 어리석었어. 부디 행복해……. 유리 덮개는 내버려 둬. 그런 건 이제 필요 없어."

"그렇지만 바람이 불면……."

"밤의 서늘한 공기는 내게 도움을 줄지도 몰라. 나는 꽃이니까."

"하지만 짐승이……."

"나비와 사귀려면 몇 마리의 벌레 정도는 견뎌야지. 나비가 찾아 주지 않는다면 누가 나를 찾아 주겠어? 커다란 짐승은 두렵지 않아. 나는 날카로운 가시를 무기로 갖고 있으니까."

꽃은 울먹거리며 말했다. 그러다 다시 짜증을 내며 소리쳤다.

"우물쭈물하지 말고 떠나려거든 빨리 떠나!"

꽃은 우는 모습을 어린 왕자에게 보이고 싶지 않았던 것이다.

살던 별을 떠나 온 어린 왕자가 제일 먼저 찾아간 별에는 왕이 살고 있었다.

왕은 자줏빛 천과 하얀 수달 가죽으로 만든 옷을 입고 있었지만 매우 검소하고 장엄한 의자에 앉아 있었다.

"짐이 너를 좀 더 잘 볼 수 있게 이리 가까이 다가 오라."

흰 담비 모피로 된 외투 한 자락을 위엄 있게 걷어올리며 왕이 말했다.

어린 왕자는 자리에 앉으며 여기저기를 살폈다. 그 별은 아주 조그만했다.

"폐하…… 폐하는 무엇을 다스리고 계신지요?"

"그 모든 것을 다 다스리노라……. 나 혼자서."

"그럼 저는 여기서 아무것도 할 일이 없군요."

어린 왕자는 실망스러운 표정으로 자리에서 일어났다. 그러자 왕이 다급하게 소리를 질렀다.

"떠나지 마라. 떠나가지 마라. 짐이 너를 장관으로 임명하겠노라!"

"무슨 장관이요?"

"저…… 그러니까 법무부장관이니라!"

"하지만 재판할 사람이 아무도 없는데요!"

"아무도 없거든 네 자신이라도 심판하면 될 것이 아니냐?"

왕은 조금 피곤하다는 듯이 말했다.

어린 왕자가 찾아간 두 번째 별에는 허영심이 많은 사람이 살고 있었다.

그는 이상한 모자를 쓰고 어린 왕자를 바라보았다.

"안녕하세요? 그런데 아저씨는 이상한 모자를 쓰고 계시는군요?"

어린 왕자가 물었다.

"인사하기 위해서야. 사람들이 나에게 인사할 때 정중하게 답례하기 위해서지. 그러나 불행하게도 이 곳을 지나가는 사람이 아무도 없어."

무슨 말인지 잘 이해할 수 없었지만 어린 왕자는 고개를 끄덕였다.

"두 손을 마주 두드려 손뼉을 쳐라."

어린 왕자가 그 말을 듣고 손뼉을 치자 허영심 많은 사람은 모자를 들어올리며 점잖게 답례 인사를 했다.

"너는 진실로 나를 찬양하지?"

그가 어린 왕자에게 물었다.

"찬양한다는 게 무슨 뜻이지요?"

"내가 이 별에서 가장 잘 생기고 가장 옷을 잘 입고 가장 부자이고 가장 지혜로운 사람이라고 인정해 주는 거지."

"하지만 이 별에는 아저씨 혼자밖에 없잖아!"

"나를 찬양해서 기쁘게 해 줘. 어쨌든 나를 찬양해 줘."

허영심 많은 사람은 어린 왕자에게 부탁했다.

"나는 아저씨를 찬양해. 그런데 그게 아저씨한테 그렇게 중요한 거야?"

어린 왕자는 그렇게 묻고는 그 별을 떠났다.

어린 왕자가 세 번째로 찾아간 별에는 술주정꾼이 살고 있었다.

"왜 술을 마셔요?"

어린 왕자가 물었다.

"잊기 위해서야."

술꾼이 대답했다.

"무엇을 잊기 위해서예요?"

술꾼이 가엾다는 생각을 하며 어린 왕자가 물었다.

"부끄럽다는 걸 잊기 위해서지."

술꾼은 고개를 떨어뜨리며 술잔을 기울여 술을 마셨다.

어린 왕자는 고개를 갸웃거리며 그 별을 떠났다.

네 번째 별에는 장사꾼이 살고 있었다.

그 사람은 너무 바빠 어린 왕자가 다가갔는데도 고개 한 번 들지 않았다.

"열다섯에 일곱을 더하면 스물둘, 스물둘에 여섯을 더하면 스물여덟. 스물여섯에 다섯을 더하면 서른하나라. 후유! 그러니까 오억 일백육십이만 이천칠백삼십일이 되는구나."

"무엇이 오억이라는 거야?"

어린 왕자가 큰 소리로 물었다. 그때서야 장사꾼이 고개를 들었다.

"나는 이 별에서 오십사 년 동안 살고 있는데, 그 동안 방해를 받은 적은 딱 세 번뿐이야. 첫 번째는 이십이 년 전이었는데, 어디서 왔는지 모를 웬 풍뎅이 한 마리가 날 방해했어. 어찌나 요란한 소리를 내든지 계산이 네 군데나 틀렸었지. 두 번째는 십일 년 전이었는데, 신경통이 심해졌기 때문이었어. 난 운동 부족이

거든. 산보할 시간이 없으니까. 난 중요한 일을 하는 바쁜 사람이라서. 세 번째는…… 바로 너야! 가만 있자, 오억 일백……."

"무엇이 오억 일백이라는 거야?"

장사꾼이 다시 고개를 들어 어린 왕자를 보았다.

"하늘에는 아주 무수한 별이 있지. 하늘에 있는 별은 자그만치 오억 일백육십이만 이천칠백삼십일 개야. 나는 중요한 일을 하고 있는 사람이고 내 계산은 정확하지."

"아저씨하고 그 많은 별이 무슨 상관이 있지?"

"주인 없는 다이아몬드는 그걸 처음 발견한 사람이 주인이 돼. 주인 없는 섬을 네가 발견하면 그건 네 것이 되는 거고. 나보다 먼저 그 별들을 가질 생각을 한 사람은 아무도 없었어. 그래서 그 별들은 몽땅 내 것이지."

"정말 그렇군요. 그런데 아저씨는 그 별들을 가지고 뭘 하지?"

"그것들을 관리하지. 세어 보고 또 세어 보고. 그건 힘든 일이기도 하지만 아주 중요한 일이야."

장사꾼이 그렇게 설명했지만 그래도 어린 왕자는 만족할 수 없었다.

어린 왕자가 생각하는 중요한 일이란 어른들이 생각하는 것과는 달랐다.

"나는 꽃을 한 송이 가지고 있는데 매일 물을 줘. 세 개의 화산도 가지고 있어서 매일 그을음을 청소해 주고 있지. 불이 꺼진 화산도 청소해 주는데 그건 그 화산이 언제 어떻게 될지 알 수 없기 때문이야. 내가 꽃과 화산을 지니고 있는 것은, 내가 화산이나 꽃에게 도움이 될 수 있기 때문이야. 그렇지만 아저씨는 별들에게 아무 도움도 못 되잖아……."

"그건 말이지……."

장사꾼은 무슨 말인가를 하려다 고개를 돌리고 다시 숫자를 세기 시작했다.

다섯 번째 찾아간 별은 지금껏 본 별 중에서 가장 작은 별이었다.

가로등 하나와 가로등을 켜고 끄는 사람이 있을 자리밖에 없는 크기였다. 그런데 그 사람은 집도 없고 사람도 살지 않는 별에서 가로등을 켰다 껐다 하는 일을 반복하고 있었다.

"안녕, 아저씨. 그런데 왜 가로등을 지금 막 껐어요?"

"안녕, 좋은 아침이야. 그건 명령이야."

가로등 켜는 사람이 대답했다.

"명령이 뭐야?"

"가로등을 끄라는 거지. 잘 자."

그리고 그는 다시 불을 켰다.

"왜 지금 막 가로등을 다시 켰어요?"

"그것도 명령이야."

어린 왕자가 묻자 가로등 켜는 사람이 피곤한 얼굴로 대답했다.

"난 정말 고된 일을 가졌어. 전에는 힘들지 않았었는데. 아침에 불을 끄고 저녁이면 다시 켰었지. 낮에는 쉬고 밤에는 잠을 잘 수 있었지……."

"그럼, 그 뒤 명령이 바뀌었어요?"

"명령이 바뀌지 않았으니까 문제지! 이 별은 해가 갈수록 점점 더 빨리 돌고 있는데 명령은 바뀌지 않았단 말이야!"

"그래서요?"

"이제는 이 별이 일 분에 한 바퀴씩 돌아가니까 일 분에 한 번씩 불을 끄고, 켜야 돼. 그래서 나는 일 초도 쉴 틈이 없어."

"쉬고 싶을 때 언제든지 쉴 수 있는 방법이 있어요."

어린 왕자의 말에 그 사람은 몹시 반가워했다.

"어서 말해 봐. 나는 잠깐이라도 쉬고 싶으니까. 성실한 사람도 게으름을 피우고 싶을 때가 있거든."

"아저씨 별은 아주 작으니까 세 걸음만 걸으면 한 바퀴 돌 수 있잖아요. 언제나 햇빛이 쬐는 쪽으로 천천히 걸어가기만 하면 돼요. 쉬고 싶을 때면 걸어가도록 해요. 그럼 원하는 만큼 해가 길어질 거에요."

"그것 참 안됐는데. 벌써 좋은 아침이야."

가로등 켜는 사람이 말했다. 그리고는 가로등을 껐다.

어린 왕자는 그 별을 떠났다.

'내 친구가 될 수 있었던 사람은 저 사람뿐이었는데. 그렇지만 그의 별은 너무 작아. 두 사람이 있을 자리가 없거든…….'

그렇지만 어린 왕자가 그 별을 잊지 못하는 진짜 이유는 다른 데 있었다. 그 별에서는 해가 지는 모습을 하루 24시간 동안에 일천사백사십 번이나 볼 수 있기 때문이었다.

어린 왕자가 여섯 번째로 찾아간 별은 가로등 켜는 사람이 살던 별보다 열 배나 더 큰 별이었다. 그 별에는 아주 커다란 책을 쓰는 할아버지가 살고 있었다.

"난 지리학자란다."

"지리학자가 뭐예요?"

"바다와 강과 도시와 산, 그리고 사막이 어디에 있는지를 아는 사람이지."

"이 별은 참 아름답군요. 넓은 바다도 있어요?"

어린 왕자가 물었다.

"넓은 바다가 있는지 없는지 나는 잘 몰라."

지리학자가 대답했다.

"할아버지는 지리학자잖아요!"

"그렇지만 난 탐험가가 아니야. 도시와 강과 산, 바다와 태양과 사막을 돌아다니는 건 지리학자가 하는 일이 아냐. 지리학자는 아주 중요한 사람이니까 한가로이 돌아다닐 수가 없지. 책상 앞을 떠날 수가 없어. 그 대신 책상 앞에서 탐험가들을 만나는 거지. 그들에게 여러 가지 질문을 하여 그들의 기억을 기록하는 거야. 탐험가의 기억 중에서 흥미로운 게 있으면 지리학자는 그 사람이 믿을 만한 사람인가를 조사시키지."

"그러면 나중에 탐험가가 다녀온 곳을 가 보시나요?"

"그건 너무 번거로운 일이야. 그 대신 탐험가에게 증거를 보이라고 하지. 커다란 산을 발견했을 때는 커다란 돌멩이를 가져오라고 요구하는 거야."

거기까지 말하다 말고 지리학자는 갑자기 흥분하기 시작했다.

"너는 멀리서 왔지! 너는 탐험가야! 너의 별에 대해서 이야기해 줘!"

"제 별에는 꽃 한 송이가 있어요."

어린 왕자가 입을 열자 지리학자는 고개를 가로저었다.

"나는 꽃은 기록하지 않아."

"왜요? 꽃이 얼마나 예쁜데요!"

"꽃들은 일시적인 존재니까."

"그게 무슨 뜻이에요?"

"지리책은 세월이 흘러도 바뀌는 법이 없지. 산이 위치를 바꾸는 일은 매우 드물거든. 바닷물이 메말라 버리는 일도 매우 드물고. 우리는 영원한 것들만을 기록해."

"하지만 불 꺼진 화산들은 언제든 다시 활동할 수도 있어요. 그런데 '일시적인 존재' 라는 것이 뭐예요?"

"그건 '머지 않은 날에 곧 없어져 버릴 위험에 처해 있다' 는 뜻이지."

어린 왕자는 두고 온 꽃을 떠올렸다.

'내 꽃은 일시적인 존재야. 그 꽃이 위험에 빠졌을 때 맞서 싸울 무기라고는 네 개의 가시밖에 없어. 그런데도 꽃을 혼자 내버려두고 왔어!'

어린 왕자는 처음으로 자기 별을 떠나온 것을 후회했다. 그리고 혼자 남아 외롭게 지내고 있을 꽃을 생각했다.

그러나 이대로 꽃이 있는 자기 별로 돌아가고 싶지는 않았다. 어린 왕자는 용기를 내어 물었다.

"내가 어느 별에 가 보도록 권하고 싶나요?"

"지구라는 별로 가 봐. 지구는 대단히 아름다운 별이라고 소문이 나 있거든."

어린 왕자는 혼자 남겨진 자기 꽃을 그리워하며 길을 떠났다.

지리학자의 말대로 어린 왕자가 일곱 번째로 찾은 별은 지구였다.

어린 왕자는 지구에 첫발을 들여놓았을 때 사람이 한 명도 없다는 것에 무척 놀라워했다. 잘못해서 엉뚱한 별로 찾아온 것은 아닌가, 걱정도 했다.

그 때 달빛과 같은 빛깔의 무슨 고리가 움직이는 것을 보았다.

"안녕."

어린 왕자는 먼저 말을 건넸다.

"안녕."

뱀이 대답했다.

"지금 내가 도착한 별이 무슨 별이지?"

어린 왕자가 물었다.

"여기는 지구야. 지구 중에서도 아프리카지."

"아프리카? 그런데 왜 한 사람도 안 살아?"

"여긴 사막이야. 사막에는 사람이 살지 않아. 지구는 아주 큰 별이거든."

"사람들은 어디에 살고 있지? 사막에 있으니 조금 외롭구나……."

"사람들 가운데 있어도 외롭기는 마찬가지야."

뱀이 말했다. 어린 왕자는 뱀을 한참 동안 바라보았다.

"넌 아주 재미있게 생긴 짐승이구나. 손가락처럼 가느다랗고……. 길이는 길고. 꼬리와 머리가 잘 구분되지 않아."

"그래도 난 왕의 손가락보다 훨씬 힘이 세단다."

뱀이 자랑스럽게 떠들며 어린 왕자를 팔찌처럼 휘휘 감았다.

"나는 나를 건드리는 사람들을 그가 나왔던 땅으로 돌려보낼 수가 있지. 죽일 수 있다는 말이야. 하지만 너는 순진하고 또 다른 별에서 왔으니까……."

어린 왕자는 아무 대꾸도 하지 않았다.

"나는 네가 측은해 보이는구나. 그렇게 연약한 몸으로 이 거대한 지구로 왔으니. 네 별이 그리우면 말해. 내가 너를 도와줄 수 있을 거야."

"그래! 아주 잘 알았어. 그런데 너는 수수께끼 같은 말만 하는구나."

어린 왕자가 말했다.

어린 왕자는 꽃잎이 겨우 세 개밖에 없는 아주 보잘 것 없는 꽃을 만났다.

"사람들은 어디에 있지?"

어린 왕자가 묻자 꽃은 언젠가 장사꾼들이 사막을 지나 갔던 일을 떠올렸다.

"몇 년 전에 그들을 본 적이 있어. 하지만 그들이 지금 어디 있는지는 알 수 없어. 그 뒤로는 아무도 본 적이 없어."

꽃과 헤어진 어린 왕자는 높은 산 위로 올라갔다.

'이렇게 높은 산에서는 이 별과 사람들 모두를 한눈에 볼 수 있을 거야…….'

그렇지만 어린 왕자는 날카롭게 생긴 바위산의 봉우리만 겨우 보았을 뿐이었다.

"안녕!"

어린 왕자는 혹시 대답이 들려올 지 모른다고 생각하며 크게 소리쳤다.

"안녕……. 안녕……. 안녕……."

긴 메아리가 들려 왔다.

"너는 누구지?"

어린 왕자가 물었다.

"너는 누구지……. 너는 누구지……. 너는 누구지……."

"내 친구가 되어 줘. 나는 외로워!"

"나는 외로워……. 나는 외로워……. 나는 외로워……."

메아리가 다시 대답했다.

'참 이상한 별이군! 메마르고 뾰족뾰족하고 험하고, 게다가 사람들은 앵무새처럼 남이 한 말이나 되풀이하다니……. 내 꽃은 항상 먼저 나한테 말을 건네고는 했는데…….'

어린 왕자는 이렇게 생각하며 산을 내려왔다.

오랫동안 여기저기 헤매던 어린 왕자는 모래와 바위 사이를 걸어다니다 마침내 수천 송이 장미꽃이 피어 있는 커다란 정원 앞을 지나갔다.

어린 왕자는 꽃들을 살펴보았다. 모두 자신의 별에 두고 온 꽃과 똑같이 닮아 있었다.

"너희들은 누구니?"

어리둥절해하면서 어린 왕자가 물었다.

"우리는 장미꽃이야."

장미꽃들이 말했다. 그러자 어린 왕자는 아주 슬퍼졌다.

자신의 별에 두고 온 그 꽃은, 이 세상에 자기처럼 아름다운 꽃은 하나뿐이라고 자랑스럽게 떠들었다. 그런데 정원 가득 그 꽃과 똑같은 꽃들이 피어 있었다!

'이 세상에서 단 하나뿐인 꽃을 가진 줄 알고 좋아했는데 내가 가진 꽃은 그저 평범한 한 송이 꽃일 뿐이야. 그 꽃과 세 개의 화산, 내 무릎까지 오는 그 화산만으로 내가 대단한 왕자가 될 수는 없어 …….'

어린 왕자는 갑자기 자신이 불쌍해서 풀 위에 쓰러져 흐느껴 울었다.

어린 왕자는 사과나무 아래 있는 여우를 보고 반갑게 먼저 말을 건넸다.

"이리로 와서 나와 함께 놀아 줘. 나는 지금 너무 슬프단다……."

"난 지금 너와 함께 놀 수 없어. 나는 길들여져 있지 않으니까."

여우가 대답했다.

" '길들인다' 는 게 무슨 뜻이지?"

"사람들은 총을 가지고 사냥을 하지. 참 안 좋은 일이야! 그들은 닭을 길러. 그건 참으로 다행스럽고 고마운 일이지. 너도 병아리를 찾니?"

여우가 물었다.

"아니야. 나는 병아리를 찾지 않아. 친구들을 찾고 있어. '길들인다' 는 게 무슨 뜻이지?"

"그건 너무나 잘 잊혀지고 있는 거지. 그건 '관계를 맺는다……' 는 뜻이야."

여우는 그렇게 말하고 길게 한숨을 내쉬었다.

"내 생활은 아주 단조롭단다. 나는 닭을 쫓고 사람들은 나를 쫓지. 닭들은 모두 똑같고 사람들도 모두 똑같아. 그래서 난 조금 싫증이 나. 그렇지만 네가 나를 길들인다면 내 생활은 좀더 밝아질 거야. 다른 모든 발자국 소리와 구별되는 너의 발자국 소리를 알게 될 테니까. 다른 발자국 소리가 들리면 나는 땅 밑으로 숨겠지만 네 발자국 소리가 들리면 나는 땅 밑에서 튀어나올 거야! 그리고 저길

봐! 저기 밀밭이 보이지? 난 빵은 먹지 않아. 밀은 내겐 아무 소용도 없어. 밀밭은 나에게 아무 생각도 불러일으키지 않아. 그건 서글픈 일이지! 그런데 너는 황금빛 머리카락을 갖고 있어. 그러니 네가 나를 길들인다면 정말 멋질 거야! 밀은 금빛이니까 밀밭을 보면 네가 생각날 테니까. 그럼 난 밀밭 사이를 스쳐 가는 바람 소리를 사랑하게 될 거야……."

여우는 그렇게 말하고 입을 다물었다. 그리고는 오랫동안 어린 왕자를 바라보았다.

"부탁이야 나를 길들여 줘!"

"그래, 나도 그러고 싶어. 하지만 내겐 시간이 많지 않아. 친구들을 찾아야 하고 알아볼 일도 많아."

어린 왕자가 고개를 저었다.

"사람들은 이제 아무것도 알 시간이 없어졌어. 그들은 이미 만들어져 있는 물건들을 사거든. 그런데 친구를 파는 상점은 없으니까 사람들은 이제 친구를 갖지 못해. 친구를 가지고 싶다면 나를 길들여 줘."

"좋아. 나는 친구가 필요해. 이제부터 내가 어떻게 해야 되지?"

"언제나 같은 시각에 나를 찾아 와. 이를테면, 네가 오후 네 시에 온다면 난 세 시부터 행복한 기분이 들기 시작할 거야. 시간이 갈수록 난 점점 더 행복해지겠지. 네 시에는 흥분해서 안절부절못할 거야. 그래서 행복이 얼마나 값진 것인가 알게 되겠지!"

그래서 어린 왕자는 며칠 동안 여우가 원하는대로 해주었다. 오후 네 시가 되면 어김없이 여우를 찾아오고는 했다.

어느 날 여우가 말했다.

"이제 나는 밀밭만 보면 네 황금빛 머리카락이 생각나면서 몹시 행복해."

여우는 행복한 표정을 지었다. 그러나 헤어질 시간이 다가오자 여우가 눈물을 글썽였다.

"나는 이미 너에게 길들여져 있어. 헤어질 것을 생각하니까 울 것만 같아."

"널 길들여 주길 바란 것은 바로 너 자신이었잖아……."

"너의 장미꽃이 그토록 소중한 건 그 꽃을 위해 네가 들인 그 시간이란다."

"……내가 내 장미꽃을 위해 들인 시간이란다……."

어린 왕자는 여우의 말을 다시 되풀이했다.

"너는 네가 길들인 것에 언제까지나 책임을 져야 돼. 너는 네 장미에 대해 책임이 있어……."

"나는 내 장미에 대해 책임이 있어……."

그 말도 잘 기억하기 위해 어린 왕자는 나직이 되뇌었다.

사막에서 비행기가 고장 난 지 여드레째 되는 날이었다.

어린 왕자는 비행기를 고치려고 땀을 뻘뻘 흘리는 내 옆에서 계속 이야기를 했다. 나는 여전히 불안하고 초조했다. 죽지 않으려면 빨리 비행기를 고쳐서 사막을 빠져나가야 했다.

"내 친구 여우는……."

"꼬마 친구야, 지금 여우 이야기를 할 때가 아냐!"

나는 조금 짜증나는 목소리로 말했다.

어린 왕자가 눈을 커다랗게 뜨고 나를 보았다.

"왜?"

"우리는 목이 말라 죽게 될 테니까 말야……."

"실은 나도 목이 말라……. 우리 우물을 찾으러 가……."

"너도 목이 마르니?"

"응, 목이 말라."

어린 왕자의 얼굴이 하얗게 질려 있었다.

어린 왕자와 나는 우물을 찾아나섰다. 그러나 모래 뿐인 사막에서 샘을 찾기란 너무도 어려운 일이었다.

한참 걷다 보니 밤이 되었다.

어린 왕자가 걸음을 멈추고 모래 위에 먼저 앉았다. 나도 그 곁에 앉았다.

"사막이 아름다운 것은 그 어딘가에 우물이 숨어 있기 때문이지……."

어린 왕자가 하늘을 올려다보며 말했다.

그 순간 나는 문득 사막의 그 신비스러운 기운이 무엇인가를 깨닫고 깜짝 놀랐다. 아름다운 것은 눈에 안 보인다고 했던 어린 왕자의 말을 비로소 이해했다.

어린 왕자는 내 어깨에 머리를 기대고 이내 잠이 들었다.

나는 어린 왕자를 안고 다시 걷기 시작했다. 이상하게 가슴이 뭉클했다. 부서지기 쉬운 어떤 보물을 안고 가는 느낌이었다.

'잠들었는데도 어린 왕자가 나를 이토록 감동시키는 것은 꽃 한 송이에 대한 그의 책임감, 그가 잠들어 있을 때에도 환한 램프 불꽃처럼 어린 왕자를 비춰 주고 있는 한 송이 장미꽃이 있기 때문일 거야…….'

그런 생각을 하며 계속 사막을 걸어가다가 동틀 무렵에 기적 같이 우물을 발견했다. 우물물은 달고 시원했다.

어린 왕자는 물을 마시고 정신을 차렸다. 나도 물을 마시고 난 뒤 기운을 되찾았다.

동이 틀 무렵의 모래는 꿀과 같은 빛깔을 띤다. 나는 그 빛깔을 보며 깊은 행복감을 느꼈다. 괴로워할 아무런 이유나 까닭도 없었다…….

"내가 지구에 떨어진 지도…… 내일이면 일년이야……. 바로 이 근처에 떨어졌었어……."

"그럼 너는 처음에 네가 떨어진 곳으로 돌아가고 있는 길이었어?"

나는 놀라 물었다. 어린 왕자가 얼굴을 붉혔다.

"아저씨는 그만 비행기가 있는 곳으로 돌아가. 나는 여기서 아저씨를 기다리고 있을게. 내일 저녁에 다시 만나……."

어린 왕자가 나를 밀었지만 나는 마음이 놓이지 않았다.

어린 왕자가 말했던 여우가 생각났던 것이다. 길들여 놓으면 울게 될 일이 생기기도 하기 때문이었다.

다음 날 저녁, 일을 마치고 그 곳으로 가 보니 어린 왕자는 돌담 위에서 다리를 늘어뜨리고 앉아 있었다.

"생각나지 않니? 정확히 이 곳은 아니야!"

어린 왕자는 누군가와 말을 하고 있는 것이 틀림없었다.

"맞았어, 맞아. 날짜는 맞지만 장소는 분명히 여기가 아니야……."

나는 돌담을 향해 걸어갔다. 보이는 것도 들리는 것도 없는데 어린 왕자는 다시 대꾸를 했다.

"네 독은 정말 좋은 거니? 나를 오랫동안 아프게 하지 않을 자신이 있지?"

내가 돌담 아래로 시선을 돌린 것은 그 순간이었다. 그리고 기겁을 하고 말았다! 거기에는 삼십 초 만에 사람을 죽이는 독을 가진 노란 뱀 하나가 어린 왕자를 향해 몸을 꼿꼿이 세우고 있었던 것이다.

나는 권총을 꺼내려고 주머니를 뒤지며 막 뛰어갔다.

그러나 내 발자국 소리를 들은 뱀은 물줄기가 모래 속으로 스며들 듯 순식간에 스르르 미끄러져 들어가더니 모래 스치는 소리를 내며 바위 틈으로 몸을 감추어 버렸다.

나는 돌담으로 달려가서 떨어지려는 어린 왕자의 몸을 간신히 붙들었다.

어린 왕자의 얼굴은 눈처럼 새하얗게 변해 있었다.

어린 왕자는 엄숙한 눈빛으로 나를 바라보더니 두 팔로 내 목을 껴안았다. 총

에 맞아 죽어 가는 새처럼 어린 왕자의 가슴이 가늘게 뛰는 것이 느껴졌다.

"아저씨가 고장난 그 기계를 고치게 돼서 기뻐. 아저씬 이제 집으로 돌아가게 됐지……."

"그걸 어떻게 알았지?"

뜻밖에도 고장난 비행기를 고치는 데 성공했다는 걸 알리려던 참이었는데, 어린 왕자는 다 알고 있었다!

"나도 오늘 집으로 돌아가……."

그러더니 슬픈 목소리로 다시 말했다.

"내가 갈 길이 훨씬 더 멀어……. 그리고 너무 어려운 여행이야……."

무엇인가 심상치 않은 일이 일어나고 있다는 것을 느낄 수 있었다. 나는 어린 왕자를 어린 아기처럼 품안에 꼬옥 껴안았다.

어린 왕자의 웃음소리를 들을 수 없다는 사실을 생각만 해도 견딜 수 없을 것 같았다. 어린 왕자의 웃음소리는 나에게 사막의 샘 같은 것이었다.

"밤이 되거든 아저씨는 꼭 별을 봐. 내 별은 너무 작아서 어디 있는지 지금 가리켜 줄 수가 없어. 그렇지만 모르는 것이 훨씬 좋아. 아저씨는 어느 별이든지 다 바라보는 즐거움을 느낄 테니까……. 아저씨한테 선물을 주고 싶어."

"나는 네 웃음소리 듣는 것이 제일 좋다!"

"그게 바로 내 선물이야."

"무슨 뜻이지?"

"내가 그 별들 가운데서 웃고 있을 테니까. 그럼 모든 별들이 다 아저씨를 보고 웃고 있는 것처럼 느껴질 테니까. 아저씨는 웃을 줄 아는 별을 다 갖게 되는 거야!"

그리고 가만히 웃었다. 그러더니 다시 진지한 얼굴이 되었다.

"오늘 밤에는…… 오지 마, 오면 안 돼. 난 어디가 아픈 것처럼 보일 거야……. 어쩌면 죽은 것처럼 보일지도 몰라. 그런 모습을 보러 오지 마."

"난 네 곁을 떠나지 않을 테야."

하지만 그 날 밤 나는 어린 왕자가 길을 떠나는 걸 보지 못했다. 어린 왕자는 소리 없이 내 곁을 떠나 버린 것이었다.

뒤쫓아가서 어린 왕자를 만났을 때 어린 왕자는 빠른 걸음으로 주저하지 않고 걸어가고 있었다. 어린 왕자는 단지 이렇게 말할 뿐이었다.

"나는 내 꽃에 책임이 있어! 그 꽃은 몹시 연약해! 순진하고. 네 개의 가시밖에 없으면서 무서운 동물이 와도 끄떡없다고 하고……."

그 순간 어린 왕자의 발목 밑에서 노란 색의 한 줄기 빛이 반짝였다.

어린 왕자는 그대로 서 있었다. 소리도 지르지 않았다. 나무가 쓰러지듯 조용히 쓰러졌을 뿐이었다. 모래 위라서 넘어지는 소리도 들리지 않았다.

벌써 육 년 전의 일이었다…….

세월이 흘렀고, 이제는 내 가슴에 심어졌던 슬픔도 조금 가라앉았다.

완전히 싹 가라앉은 것은 아니다. 그러나 나는 어린 왕자가 그의 별로 무사히 돌아갔다는 걸 잘 알고 있다.

왜냐하면 다음 날 동이 텄을 때 모래 위에서 어린 왕자를 보지 못했기 때문이었다.

그 이후, 나는 밤이면 별들에게 귀를 기울여 웃음소리 듣는 것을 좋아했다. 귀를 기울이면 마치 오억 개의 작은 방울들이 소리를 내는 것 같았다…….

[1] 『어린 왕자』를 읽고 800자 이내로 독서 감상문을 쓰시오.

[2]『안네의 일기』를 읽고 800자 이내로 독서 감상문을 쓰시오.

■ **안네 프랑크**

본명은 안네리엘 마리에 프랑크(Annelies Marie Frank, 1929년 6월 12일~1945년 3월)이다. 독일 프랑크푸르트에서 유태인 가정의 둘째 딸로 출생하였고, 나치스가 유태을 박해하기 시작하자 1933년 가족과 함께 네덜란드 암스테르담으로 이주하였다. 1939년 독일이 네덜란드를 침공함으로써 제2차 세계대전이 시작되고 1941년 네덜란드를 점령하면서 유태인을 더욱 심하게 탄압하자, 1942년 프랑크 가족은 아버지 오토 프랑크의 식료품 공장 창고와 뒷방 사무실에서 다른 유태인 가족 4명과 은신하게 된다. 그러나 누군가가 밀고함으로써 1944년 8월 4일 발각되어 독일의 아우슈비츠로 보내졌고, 1945년 3월 하노버 근처에 있는 베르겐베르젠 강제수용소에 보내졌다가 언니 마고트와 함께 장티푸스에 걸려 사망하였다.

『아기곰 브라리』는 안네 프랑크가 아버지로부터 13세의 생일 축하선물로 받은 일기장에, 2년 동안 숨어 지내면서 쓴 것이다. 이 작품은 사춘기 소녀의 순수한 감수성과 상상력을 잘 표현하고 있다. 그밖에 이 기간 동안 유명한『안네의 일기』와 단편소설, 수필 등을 썼다.

※ 아무리 유익한 책이라도 절반은 독자가 만드는 것이다. - 볼테르

안네의 일기

안네의 일기

1942년 6월 14일 목요일

엊그제가 내 생일이었어요.

생일 날이라 다른 날보다 훨씬 일찍 눈을 떴지요.

바로 나, 안네 프랑크의 열세 번째 생일이었거든요. 그 날 따라 여섯 시쯤에 눈을 번쩍 떴어요. 다른 날 같으면 꿈도 못 꿀 일이죠. 하지만 너무 일찍 일어나서 돌아다니면 부모님께 야단을 맞기 때문에 일곱 시까지 기다려야만 했어요.

드디어 일곱 시가 되었어요. 나는 순식간에 침대에서 튕겨 나가 주방으로 가 보았어요.

검은 고양이 모르체가 나를 보고 좋아라 달려왔어요.

나는 모르체를 주방에 남겨 둔 채 아빠 엄마한테 가서 아침 인사를 한 다음 곧장 거실로 나갔어요. 그 곳에는 내가 생각한 대로 멋진 생일 선물이 가득히 쌓여 있었답니다.

나는 설레는 마음을 가라앉히며 선물 꾸러미를 하나하나 풀기 시작했어요. 지금 쓰고 있는 이 일기장이 가장 먼저 나왔고, 꽃다발, 예쁜 옷, 주스, 책 등 멋진 선물들이 계속해서 쏟아져 나왔어요. 그 중에는 할머니가 보내신 축하 편지도 있었답니다.

나는 너무 좋아서 공중에 붕 떠 있는 것만 같았어요. 내가 선물들을 보면서 즐거워하고 있을 때 한넬리가 학교에 같이 가자고 찾아왔어요. 나는 과자를 가방에 넣고 학교에 가서 반 친구들한테 나눠 주었어요. 그리고 친한 친구들한테서 또 여러 가지 선물을 받았지 뭐예요. 정말 최고로 기분 좋은 하루였어요. 그런데 솔직히 말하면 난 여러 선물 중에 일기장이 가장 마음에 든답니다.

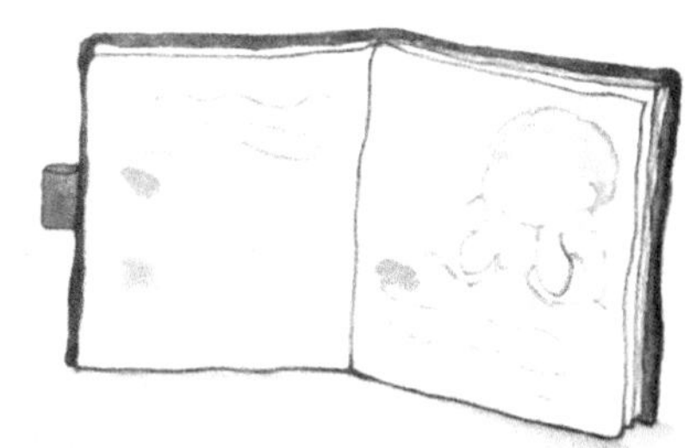

1942년 6월 20일 토요일

나의 소중한 키티.

정말 이상한 일이에요. 난 지금껏 일기를 쓰는 일에 별다른 흥미를 느끼지 못했어요. 그런데 이번 생일에 일기장을 받은 뒤로는 뭐든 자꾸 쓰고 싶어져요. 내 속마음을 털어놓을 만한 사람은 많아요.

아빠 엄마는 물론이고 나보다 세 살 많은 마르고 언니도 있어요. 또 한넬리나 산네같이 친한 친구들에, 나를 좋아하는 남자 친구들도 여러 명 있고, 마음 좋은 이웃 아주머니들도 있지요.

하지만 그 사람들한테 내 속을 털어놓는다는 건 몹시 신경 쓰이는 일이에요. 내 이야기가 엉뚱하게 다른 사람들 입에 오르내리게 될까 봐 겁이 나기 때문이지요. 그러니까 그 동안은 아무에게도 속마음을 털어놓지 못했죠.

그런데 일기를 쓰면서부터 비로소 진실한 마음의 친구를 만난 듯한 느낌이에요. 그런 의미에서 새롭게 내 마음의 벗이 되어 준 일기장 당신에게 '키티'라는 이름을 붙이기로 했어요. 어때요? 마음에 들죠?

앞으로 당신은 내 속마음을 털어놓을 수 있는 유일한 친구가 될 거예요.

키티!

우리가 친구가 된 기념으로 내 소개를 간단하게 할게요.

나는 1929년 6월 12일에 독일의 프랑크푸르트에서 태어났어요. 우리 가족은

내가 네 살 되던 해까지 그 곳에서 살았는데, 1933년에는 어쩔 수 없이 그 곳을 떠나야만 했어요.

히틀러가 우리 같은 유태인들을 못살게 굴어서 견딜 수가 없었거든요.

그렇게 해서 우리 가족이 떠나온 곳이 바로 여기 네덜란드예요. 얼마 뒤에 아빠는 잼을 만드는 회사의 사장이 되었고, 언니와 나는 학교에도 다니게 되었어요. 그런데 독일은 네덜란드에서도 전쟁을 일으켰어요. 전쟁은 독일의 승리로 끝났고, 우리는 다시 독일군의 지배를 받게 되었어요. 우리에게 또다시 엄청난 고난이 닥친 거죠.

독일은 그 전보다 훨씬 더 심하게 유태인들을 괴롭혔어요. 우리는 유태인이라는 표시로 노란색 별표를 달아야 했고, 마음대로 돌아다닐 수도 없었어요. 무슨 일을 하든 간섭을 받아야 하고, 언제 독일군한테 잡혀서 강제 수용소로 끌려갈지 모르는 두려움 속에서 살아야 했어요.

정말 끔찍한 하루하루가 계속되었답니다. 그래도 지금까지 우리 네 식구는 별탈 없이 잘 지내고 있어요. 내가 어떻게 살아왔는지 대충 알겠지요?

앞으로의 일들은 당신과 늘 함께 하게 될 거예요.

1942년 7월 5일 일요일

나의 소중한 키티.

요즘 걱정거리가 생겼어요. 아빠가 슬픈 표정을 지을 때가 많아졌거든요. 아빠는 요즘 집에 계시는 시간이 많아요. 회사에서 중요한 자리를 네덜란드 사람인 클레이만 씨와 퀴흘레르 씨한테 넘겨 주었대요.

어깨가 축 늘어져서 한숨을 쉬고 있는 아빠를 볼 때마다 나는 가슴이 아프답니다.

며칠 전에 아빠는 이런 말을 했어요.

"머지않아 우리는 아무도 모르는 곳에 숨어 살게 될 거야."

순간, 나는 몹시 불안해졌어요. 사실 아빠는 벌써부터 옷과 살림살이는 물론이고 식량까지 어딘가로 몰래 옮겨 놓고 있었어요.

언제 독일군을 피해서 도망쳐야 할지 모르니까요.

"어른들이 차근차근 준비하고 있으니 넌 아무것도 걱정하지 마라."

아빠가 말했지만 나는 좀처럼 마음이 가라앉지 않았어요. 제발 그 불행한 일이 아주 먼 훗날에나 일어났으면…….

1942년 7월 8일 수요일

나의 소중한 키티.

드디어 우리는 떠나기로 했답니다. 엄마는 새벽에 나를 깨우셨어요. 우리는 빗속을 부지런히 걸어갔어요.

그런데 놀랍게도 우리가 도착한 곳은 아빠 회사가 있는 건물 앞이었어요.

"정말 이 곳에 우리의 은신처가 있단 말이에요?"

내 말에 아빠가 고개를 끄덕였어요. 아빠 회사 사람들은 대부분 우리가 온다는 것을 미리 알고 있었어요.

짐 싸는 걸 도와 주었던 미프는 물론이고 클레이만 씨와 퀴흘레르 씨, 그리고 젊은 여직원인 베프양까지도 말이에요.

"베프의 아버지인 포스콰일 씨와 창고에서 일하는 두 남자들은 아직 모르고 있으니까 조심해야 한단다."

건물로 들어서면서 아빠가 말했어요.

나는 건물 안을 두리번거리며 마중 나온 미프를 따라 들어갔어요. 커다란 창고와 점포가 있는 1층 입구에 들어서자마자 계단이 나왔어요. 계단을 따라 2층으로 올라가자 직원들이 일하는 사무실이 나왔어요.

그 곳에서 다시 3층으로 올라가자 좁은 층계참이 있고 그 양쪽에 문이 있었어요. 그 중 오른쪽으로 나 있는 문이 바로 우리 가족이 숨어 살게 될 은신처의 출입구였어요.

문을 열자 곧바로 계단이 보였어요. 계단 옆으로 나 있는 짧은 복도를 지나 들어서자 바로 우리 가족의 새로운 보금자리가 나왔답니다.

우리의 은신처를 대충 둘러 본 다음, 문 앞에 바로 나 있는 계단을 따라 4층으로 올라가 보았어요.

"어머나! 이런 곳에 이렇게 넓고 환한 방이 있었다니!"

그 곳은 나중에 판단 씨 가족이 와서 살 거라고 아빠가 말해 주었어요. 싱크대와 가스 레인지까지 있어서 우리 모두의 부엌으로도 쓰인다고 했어요. 한쪽 옆에 있는 작은 방은 판단 씨의 아들인 페터가 쓰게 될 거라고 했어요. 그리고 3층과 4층엔 커다란 다락방이 하나씩 있었어요.

어때요? 멋지지 않나요? 세상에 이렇게 멋진 은신처가 또 있을지 모르겠어요.

1942년 7월 11일 토요일

나의 소중한 키티.

숨어 사는 기분이 어떤지 알고 싶지 않나요? 나도 아직은 잘 모르지만 그렇게 나쁘지만은 않은 것 같아요.

아빠가 그림 엽서와 영화배우 사진을 나와 언니가 함께 쓰는 방에 붙여 주어서 방 분위기도 훨씬 밝아졌어요.

어제 저녁에는 우리 모두 2층 사무실로 가서 라디오를 들었어요.

"혹시라도 밖에서 누군가 라디오 소리를 듣고 이상하게 생각하면 어떡해요?"

나는 라디오를 듣는 동안 불안해서 안절부절못했어요.

"안네 때문에 안 되겠다. 오늘은 그만 올라가서 쉬도록 하자꾸나."

아빠의 말이 끝나기가 무섭게 나는 앞장서서 위층으로 뛰어 올라갔어요. 그제야 쿵쾅거리던 가슴이 조금씩 가라앉았답니다.

마르고 언니는 이 곳에 온 뒤 독감에 걸렸어요. 하지만 밤에는 마음대로 기침을 할 수도 없기 때문에 기침약을 잔뜩 먹고 잠이 들었어요. 모든 게 아직은 견딜 만해요. 읽을 책도 많이 있고, 여러 사람들이 도와 주어서 음식 걱정도 별로 하지 않아요.

베프의 아버지인 포스코일 씨도 많이 도와 주고 있어요. 게다가 화요일에는 판단 씨네 가족이 이 곳으로 올 거예요. 판단씨 아들인 페터는 나와 좋은 친구가 될 것 같아요. 그러면 더 좋아지겠죠?

그런데 한 가지, 바깥 출입을 전혀 할 수 없다는 게 너무 답답해요. 창문으로 바깥을 내다볼 수도 없고 하루 종일 숨을 죽이고 움직여야 한답니다.

그래도 이 모든 걸 참고 견디는 수밖에 없어요. 독일군한테 잡혀가서 총살 당하는 것보다는 나으니까요.

1942년 10월 9일 금요일

나의 소중한 키티.

오늘은 몹시 우울하답니다. 많은 유태인들이 독일군에게 잡혀가고 있다는 소식 때문이에요.

“독일 비밀 경찰은 유태인들을 가축 운반용 트럭에 싣고 네덜란드에서 가장 큰 수용소로 보낸대.

그 곳은 사람이 견디기 힘들만큼 비참한 곳이란다. 먹을 물도 거의 없고, 마음대로 씻을 수도 없어. 남자나 여자나 모두 한데 엉켜서 잠을 자야 하고, 여자와 아이들까지도 머리를 빡빡 깎아 버리지.

게다가 감시가 심해서 도망치는 것은 꿈도 꿀 수 없어. 영국의 라디오 방송에서 그러는데, 수용소에 잡혀간 유태인들은 대부분 독가스실에 들어가 죽게 된다는구나. 너무 끔찍하지?”

이것은 모두 미프가 들려 준 말이에요.

나는 온몸이 바들바들 떨려서 못 박힌 듯 꼼짝 않고 서 있었어요. 친절한 베프도 요즘 우울한 얼굴을 하고 있어요. 남자 친구가 독일군에 징집돼 독일로 떠나게 되었거든요.

그것말고도 우울한 뉴스가 더 있어요. 독일군들이 자신들을 미워하는 활동을 하는 범인을 잡으려고 죄 없는 시민들을 무더기로 잡아 가두었대요.

독일군들은 범인이 잡히지 않을 때마다 아무나 다섯 사람을 골라 총살을 시킨다고 했어요. 독일인들은 정말 말할 수 없이 나쁜 사람들인 것 같아요. 어떻게 그런 잔인한 일들을 아무렇지도 않게 저지를 수 있을까요?

1942년 10월 20일 화요일

나의 소중한 키티.

2시간 전에 무서운 일이 있었어요. 나는 아직까지도 손이 덜덜 떨려요. 목수 한 사람이 건물 안에 있는 소화기를 살피러 왔는데 사무실 사람들이 깜빡 잊고 우리한테 일리 주지 않았던 거예요.

우리는 은신처 출입문 바로 앞에서 나는 망치 소리를 듣기 전까지 아무것도 몰랐어요. 당연히 조용히 할 생각을 않은 채 평소대로 지내고 있었지요.

목수가 있다는 걸 알아차리고 모두 몸이 뻣뻣하게 굳어 있을 때 밖에서 문 두드리는 소리가 났어요.

"누구지?"

우리는 모두 얼굴이 새파랗게 질렸어요.

그 사람은 계속해서 문을 두드리다가 안에서 대답이 없자 혼자서 문을 열어 보려고 손잡이를 마구 잡아당기고 비틀었어요. 나는 숨이 막혀서 거의 기절할 뻔 했답니다.

"이젠 모든 게 끝장이야."

그런데 뜻밖에도 밖에서 클레이만 씨의 목소리가 들려왔어요.

"나예요, 걱정 말고 문 좀 열어 줘요."

그 때만큼 안도의 숨을 크게 내쉰 적이 없는 것 같아요. 너무 긴장하고 있어서 온몸이 스르르 무너져 내리는 줄 알았다니까요.

그래도 어제는 재미있는 일이 있었어요. 미프와 얀 부부가 은신처에서 자고 가려고 왔답니다. 두 사람 때문에 은신처 분위기가 모처럼 아주 즐거워졌어요. 다음 주에는 베프가 와서 하룻밤 묵기로 했는데 벌써부터 기다려져요.

1942년 11월 9일 월요일

나의 소중한 키티.

어제는 페터의 열여섯 번째 생일이었어요. 위층에 올라가 봤더니 게임판이나 면도기 같은 선물이 쌓여 있었어요. 오후에는 판단 씨가 아주 기쁜 뉴스를 선물했답니다.

"영국군이 계속해서 승리하고 있다는 소식이에요."

"그럼 이제 독일이 물러날 때가 가까워진 건가요?"

모두들 승리가 눈앞에 다가온 듯 기뻐서 어쩔 줄 몰라했어요.

오늘은 은신처의 식량에 대해서 이야기를 좀 해 줄게요.

판단 씨 부부가 워낙 먹성이 좋기 때문에 남아 있는 식량이 얼마나 되는지 자꾸만 신경이 쓰인답니다.

아직까지는 빵을 사는 데 큰 어려움이 없어요.

배급을 받을 수 있는 카드도 암거래를 통해 사고 있는데, 가격이 자꾸만 올라 걱정이에요. 통조림은 아직 100통 정도 남아 있고, 말린 강낭콩과 완두콩도 여섯 자루나 새로 샀어요.

겨울을 나려면 그 정도는 필요하니까요.

1942년 11월 10일 화요일

나의 키티.

정말 놀랄 만한 소식이 있어요. 은신처에서 새 식구를 맞아들이게 된 거예요.

요즘 들어 유태인에 대한 독일군의 탄압이 점점 더 심해진다는 슬픈 소식이 자주 들렸어요.

그래서 모두들 안타까운 마음으로 하루하루를 보내고 있었어요. 그러다 은신처에 한 사람 정도는 더 숨겨 줄 수 있다는 데 뜻을 모으게 됐답니다.

퀴흘레르 씨와 클레이만 씨한테 이런 뜻을 전했더니 아주 좋은 생각이라고 했어요. 그렇게 해서 선택된 사람이 치과 의사인 뒤셀 씨예요. 뒤셀 씨는 미프하고도 잘 아는 사이라는군요.

키티, 치과 의사인 뒤셀 씨가 오면 은신처 식구들의 치아건강도 한결 좋아지겠죠? 그 분이 우리 모두의 이를 관리해 주실 테니까요.

1942년 11월 19일 목요일

나의 키티.

생각했던 대로 뒤셀 씨는 참 좋은 사람인 것 같아요.

나는 원래 다른 사람이 내 물건을 함부로 쓰는 걸 좋아하지 않아요.

하지만 뒤셀 씨와 한 방을 쓰면서부터 내가 남을 위해 좋은 일을 하는 듯한 기분이 들어서 뿌듯해지고는 한답니다. 뒤셀 씨는 이 곳 생활에 대해 저에게 이것저것 물었어요.

나는 뒤셀 씨가 조심해야 할 일이나 지켜야 할 사소한 규칙에 대해 친절하게 설명해 주었어요. 대신 뒤셀 씨는 나에게 밖에서 일어나고 있는 일들에 대해 들려 주었어요.

“지금 밖에서는 독일군들의 군용 트럭이 날마다 땅을 뒤흔들며 달려와 유태인을 찾으려고 집집마다 뒤지고 다닌단다. 발견된 유태인은 곧장 그 자리에서 어디론가 잡혀가지.

놈들은 힘 없는 노인이나 어린아이, 임산부는 물론이고 몸이 아픈 환자도 가리지 않아. 이제 암스테르담은 어둡고 침울한 죽음의 도시로 변해 버렸어."

바깥은 내가 짐작했던 것보다 훨씬 더 심각한 모양이에요.

그에 비하면 우리는 너무나 행복한 것 같아요. 이 곳 생활도 힘들긴 하지만 도망도 가지 못하고 두려움에 벌벌 떨면서 하루하루 살고 있는 사람들보다는 훨씬 나으니까요.

1942년 11월 28일 토요일

나의 소중한 키티.

우리가 전기를 너무 많이 써서 신경 쓰지 않으면 전기가 끊길 수도 있대요.

요즘은 오후 4시쯤만 되면 어두워서 책도 볼 수 없어요. 창문을 두꺼운 종이로 빈틈 없이 가려 놓았기 때문이에요.

그래서 우리는 안에서 창문을 전혀 열 수 없답니다.

우리는 시간을 보내기 위해 수수께끼를 내고 체조를 하거나 자기가 읽은 책에 대해 이야기를 나누기도 해요.

하지만 무엇을 해도 금세 싫증이 나고 말아요.

"재미있는 게 아무것도 없어."

이 곳에서는 하루 종일 무얼 하며 시간을 보낼까 하는 게 아주 큰 고민거리에요. 시간은 정말 많고 자유롭게 할 수 있는 일은 너무 적으니까요.

나는 어젯밤에 시간을 보낼 수 있는 새로운 방법을 하나 생각해 냈어요.

그것은 망원경으로 몰래 창 밖을 살피는 일이에요.

이웃에 사는 사람들을 관찰하는 건 아주 재미있는 일이랍니다. 낮에는 커튼을 절대로 열면 안되지만 깜깜한 밤에는 살짝 걷어도 잘 보이지 않기 때문에 얼마든지 구경을 할 수 있어요.

망원경으로 사람들 모습을 보는 건 아주 재미있어요. 밥을 먹는 부부나 이를 치료하는 할머니의 표정 하나까지도 좋은 구경거리가 된다는 걸 처음 알았어요.

키티, 뒤셀 씨에 관해 할 말이 있어요.

내가 그 사람에 대해서 얼마나 실망하고 있는지 당신이 알았으면 좋겠어요. 뒤셀 씨는 나와 같은 아이들을 아주 좋아하는 사람인 줄 알았는데……,

아무래도 아닌 것 같아요.

뒤셀 씨는 대부분의 어른들처럼 툭하면 예절이 어쩌고 규칙이 어쩌고 하면서 잔소리를 늘어놓기 일쑤예요.

왜 그런지 모르겠지만 사실 나는 은신처의 세 아이 중에 가장 버릇이 없다고 평이 나 있어요.

때문에 날마다 반복되는 뒤셀 씨의 잔소리는 모두 내 몫이랍니다.

그걸 참아내기가 얼마나 힘이 드는지 상상도 못 할 거예요.

게다가 판단 아주머니까지 하루 종일 나한테 잔소리를 해대는 통에 나는 요즘 너무나 괴롭답니다.

1943년 1월 13일 수요일

내 사랑 키티.

바깥 세상에서는 아직까지도 끔찍한 일이 벌어지고 있는 모양이에요. 아무 예고도 없이 식구들이 잡혀가고, 잠깐 외출했다 돌아오면 현관문에 못질이 돼 있기도 하답니다.

네덜란드 사람들도 마음을 못 놓는다고 해요. 네덜란드 젊은이들이 줄줄이 징집되어 독일로 보내지고 있거든요. 요즘은 네덜란드 사람들의 생활도 점점 더 나빠지고 있어요. 추운 겨울인데도 아이들은 얇은 옷을 입고 거리를 뛰어다녀요. 모자도 없고 양말도 없지만 도움을 줄 만한 사람은 아무도 없어요. 집에서건 학교에서건 늘 추위와 배고픔에 시달리고, 굶주림에 지친 아이들은 말라비틀어진 당근을 핥아먹기도 해요.

밤이면 독일 본토에 폭탄을 떨어뜨리러 가는 전투기 소리에 모두들 잠을 설치고 있어요. 독일의 도시들은 폭격으로 사방에 구멍이 뻥뻥 뚫려 있대요. 하지만 독일군들이 보복 공격을 하는 바람에 소련이나 아프리카에서는 계속해서 많은 사람들이 죽어가고 있다고 해요.

지옥처럼 끔찍한 이 고난에서 벗어날 수 있는 사람은 아무도 없을 거예요.

이 곳에서는 바깥 세상의 무시무시한 일들이 조금은 멀게 느껴져요. 우리는 은신처에서 전쟁이 끝나는 날에 대해 얘기를 자주 나누고는 해요.

우리는 너무나도 간절히 전쟁이 끝나기를 기다리고 있어요. 유태인은 물론이고 유태인이 아닌 세상 모든 사람들까지도 그 날을 손꼽아 기다릴 거예요.

1943년 3월 25일 목요일

나의 소중한 키티.

어젯밤에 또다시 숨이 멎을 만큼 무서운 일이 일어났답니다. 우리 네 식구가 편안하게 이야기를 나누고 있을 때 페터가 들어왔어요.

"건물 입구에 누가 있는 것 같아요."

그 말에 언니와 나는 새파랗게 질려서 덜덜 떨기 시작했어요.

아빠는 페터와 함께 서둘러 아래층으로 내려갔지요. 얼마 지나지 않아 2층 사무실에서 라디오를 듣던 판단 아주머니가 올라왔어요. 그리고 아빠와 페터가 돌아왔는데 몹시 걱정스러운 얼굴이었어요.

"우리가 계단 아래 숨어서 바깥을 살피고 있는데 느닷없이 누군가가 문을 쾅쾅 두드렸어."

아빠는 깜짝 놀라서 페터와 함께 허둥지둥 올라왔지요. 우리는 신발을 벗고 4층 판단 씨한테로 가서 숨을 죽이고 기다렸어요.

판단 씨는 감기에 걸려서 계속 기침을 했는데, 그 때마다 모두들 가슴이 철렁 내려앉았어요. 판단 씨가 기침약을 먹고 조용해진 뒤에도 우리는 꼼짝 않고 제자리에 서서 기다렸어요.

다행스럽게도 더 이상 아무 소리도 들리지 않았어요. 조용한 건물 안에서 갑작스럽게 우리 발소리가 들리자 도둑이 놀라서 그대로 도망친 모양이에요.

그런데 문제가 생겼어요. 2층 사무실의 라디오 주파수가 영국 방송에 맞춰진 데다가 여러 사람이 둘러앉아 있었다는 걸 알 수 있도록 의자가 빙 둘러 놓여 있었거든요.

"누군가 1층 출입문을 부수고 들어왔다가 사무실 안을 보았다면 정말 큰일인데. 경찰에 신고라도 하는 날에는 모든 게 끝장나고 말 거야."

불안해진 남자들이 조용히 아래층으로 내려갔어요. 판단 씨도 침대에서 일어나 옷을 주섬주섬 챙겨 입고 따라갔어요.

여자들은 조마조마한 마음으로 4층에 남아 있었어요.

남자들은 곧 돌아왔어요.

"아래층에는 아무 일도 없어요."

하지만 우리는 안심할 수가 없었어요. 잠자리에 들었지만 편안하게 잠들 수 있는 사람은 아무도 없었지요.

날이 밝자마자 남자들이 다시 아래층으로 내려가 출입구 쪽을 살폈어요. 역시 아무것도 이상한 게 없었어요. 우리는 그제야 마음이 조금 놓였어요. 그런데 이 얘기를 전해 들은 사무실 사람들은 대수롭지 않게 웃어 넘겼어요.

"늘 긴장하고 있어서 아무것도 아닌 일에 너무 예민하게 반응하는 거예요. 별일 아닐 테니 안심해요."

하지만 베프만은 심각한 얼굴로 우리 말을 들어 주었답니다. 어쨌든 다시는 생각하기도 싫을만큼 무서운 하루였어요.

1943년 5월 18일 화요일

나의 키티.

이젠 날씨가 제법 포근해졌어요. 하지만 우리는 아직까지 이틀에 한 번 정도 불을 피우고 있어요. 음식 찌꺼기나 쓰레기를 태우기 위해서랍니다. 쓰레기통에 그것들을 버렸다가는 창고에서 일하는 사람들한테 꼬리를 잡힐 수도 있기 때문에 늘 조심해야 해요.

지금 독일에서는 대학생들한테 서명을 받고 있다는군요. 독일이 하는 모든 일을 무조건 인정하고 돕겠다는 서명이에요. 서명을 하지 않는 대학생은 모두 강제 노동 수용소로 끌고 간답니다. 앞으로 독일에서 수용소에 끌려가지 않고 살아남을 젊은이들이 몇 명이나 될지 걱정이에요.

어젯밤에는 한동안 잠잠하던 폭격이 다시 시작됐어요. 사방에서 쾅쾅! 하는 대포 소리가 이어지고 창문 건너편이 불붙은 것처럼 빨갛게 보였어요. 우리는 모두 부들부들 떨면서 밤새 잠을 설쳤어요.

1943년 7월 16일 금요일

내 소중한 키티.

어쩌면 좋아요? 또다시 도둑 소동이 일어났어요.

이번에는 진짜 도둑이에요. 페터가 아침 일찍 1층 창고로 내려갔다가 출입문이 조금 열려 있는 걸 발견했답니다. 이 사실을 전해들은 아빠는 2층 사무실의 라디오를 독일 방송에 맞추고 페터와 함께 올라왔어요.

당연히 은신처 식구들은 잔뜩 긴장해서 숨소리부터 죽였죠. 이럴 때 어떻게 행동해야 하는지는 이제 모두들 너무나 잘 알고 있어요.

물은 사용하지 말아야 하고, 말을 아껴야 하며, 화장실을 사용할 수도 없어요. 그것들은 어느 새 비상시의 규칙이 되어 버렸어요. 그런데 오늘은 어쩐 일인지 11시가 다 될 때까지 아래층에서 아무도 올라오지 않았어요.

우리는 점점 더 불안해졌어요. 30분쯤 뒤에 클레이만 씨가 올라와서 도둑에 관해 이야기해 주었어요.

"도둑은 쇠막대로 출입문을 비틀어 연 다

음 창고 문을 부수고 들어온 것 같아요. 창고에 특별히 훔쳐갈 만한 물건이 없자 2층 사무실까지 올라와 금고를 가져가 버렸어요."

안타깝게도 은신처 식구들은 지난 밤에 모두 곯아떨어져서 아무 소리도 듣지 못했어요. 무엇보다 금고 안에 있던 설탕 배급표가 몽땅 없어져서 다들 아까워 했지요.

"두어 달 전에 건물 입구를 부수고 달아났던 도둑 무리가 다시 온 게 아닐까요? 그 때 빈손으로 돌아간 게 아쉬워서 다시 나타난 게 틀림없어요."

퀴흘레르 씨가 말했어요.

어쨌든 이번 소동으로 모두들 놀랐어요. 하지만 은신처에 숨어 살려면 이 정도 소동은 자연스러운 일로 받아들여야 할 것 같아요. 그래도 타자기 몇 대와 현금은 우리 옷장에 숨겨 놓아서 도둑맞지 않았어요. 그것만도 얼마나 다행스러운 일인지 모르겠어요.

참! 연합군이 시칠리아 섬에 상륙했어요. 전쟁이 끝날 날이 한 걸음 더 가까이 다가온 걸까요?

1943년 9월 10일 금요일

나의 소중한 키티.

당신한테 늘 좋은 소식보다 나쁜 소식을 더 많이 전한 것 같아요. 하지만 오늘은 정말 좋은 소식이 있어요. 엊그제 저녁에 모두 라디오 앞에 모였을 때 이탈리아에서 독일군이 무조건 항복했다는 뉴스가 나왔어요.

북이탈리아에는 벌써부터 독일군이 주둔하고 있었답니다. 그런데 지난 3일, 휴전 협정이 맺어지던 날 영국군이 나폴리에 상륙하면서 이탈리아를 점령하고 있던 독일군이 손을 든 거예요.

우리는 그 소식을 듣고 기뻐서 어쩔 줄 몰라했답니다.

뉴스에 영국과 미국의 국가가 차례로 연주되었어요. 앞으로는 좋은 일이 많이 일어날 것만 같은 예감이 들어요. 그렇다고 해서 은신처에 걱정거리가 모두 사라진 건 아니에요.

우리가 너무나 좋아하는 클레이만 씨의 건강이 점점 더 나빠지고 있다는군요. 더욱 안타까운 건 클레이만 씨가 통증 때문에 제대로 먹지도 못하고 오래 걷지도 못하면서도 우리 앞에서는 밝게 웃어 보이려고 애쓴다는 거예요. 엄마는 언젠가 이런 말을 했어요.

"클레이만 씨가 들어서면 집 안이 환해지는 것 같아."

하지만 클레이만 씨는 수술을 받기 위해서 곧 입원을 해야 한대요. 적어도 한 달 이상은 걸린다는데 걱정이에요. 부디 수술이 잘 되어서 클레이만 씨가 밝게 웃는 모습을 다시 볼 수 있었으면 좋겠어요.

1944년 1월 6일 목요일

나의 키티.

요즘에는 누군가와 속마음을 터놓고 이야기하고 싶은 생각이 간절해요. 문득 이야기 상대로 페터가 어떨까 하는 생각이 들었어요. 페터는 아주 얌전한 성격이라서 내 얘기를 잘 들어 줄 것 같으니까요.

나는 적당한 때를 기다렸다가 슬그머니 페터의 방으로 찾아갔어요. 뭔가 얘깃거리를 찾다가 좋은 생각이 떠올랐어요. 페터는 요즘 퍼즐 낱말 맞추기에 푹 빠져 있었어요.

"내가 좀 도와 줄까?"

나는 자연스럽게 다가가 페터와 마주 앉았어요. 페터는 조금 당황하는 듯했어요. 파란 눈이 약간 떨리는 게 보였거든요. 하지만 마음 먹었던 것과 달리 별다른 이야기는 나누지 못했어요. 그저 얼굴이 왜 빨개지는지에 대한 이야기만 조금 했을 뿐이에요.

앞으로는 좀더 자주 페터를 찾아가서 많은 대화를 해 보고 싶어요. 그렇다고 내가 페터를 좋아하는 거라고 생각하면 안 돼요.

나는 페터가 여자 아이였더라도 그렇게 했을 거예요. 그만큼 나에겐 진실한 친구가 필요하답니다.

1944년 2월 27일 일요일

나의 소중한 키티.

이제 페터와 많이 친해졌어요. 함께 이야기를 나누고 있으면 마음이 아주 편안해져요. 페터는 나와 비슷한 면이 많은 것 같아요. 우리는 둘 다 엄마한테 별로 사랑을 받지 못한다고 생각한답니다.

"우리 엄마는 종잡을 수 없는 성격인데다, 아들인 내가 무슨 생각을 하고 있는지 전혀 관심이 없어."

페터의 말에 나도 곧바로 맞장구를 쳐 주었어요.

"우리 엄마도 나한테 그다지 신경을 써 주지 않아."

대화를 나누는 동안 우리는 둘 다 혼자 있기를 좋아한다는 사실도 알게 되었어요. 겉으로는 절대 속마음을 드러내지 않으려고 애쓰면서 말이에요. 그런 걸 보면 페터와 나는 정말 마음이 잘 통할 것 같아요. 페터도 그렇게 생각할까요?

1944년 3월 29일 수요일

나의 소중한 키티.

지난 일요일에 영국 전투기 수백 대가 에이모이덴에 엄청난 양의 폭탄을 떨어뜨렸어요. 우리가 숨어 있는 건물이 얼마나 심하게 요동을 쳤는지 당신은 모를 거예요.

그리고 지금은 상황이 너무 나빠져서 어떤 것부터 설명해야 할지도 모를 지경이에요. 사람들은 야채나 밀가루, 비누 같은 것을 사기 위해 줄을 서야 한답니다. 그렇지 않으면 어떤 것도 손에 넣을 수가 없어요.

온 도시에 전염병이 돌고 있는 데다가 도둑과 날치기들도 극성이에요. 겨우 열 살 안팎의 아이들까지도 남의 집 담을 넘어가 도둑질을 하기 일쑤예요. 사람들

은 불안해서 잠시도 집을 비울 수가 없답니다.

날이 갈수록 시민들은 풀이 죽어가고 있어요. 너덜너덜해진 옷을 입은 채 굶주린 배를 움켜쥐고 힘겹게 생활하고 있으니 기운이 날 리가 없죠. 더군다나 모두가 간절히 기다리고 있는 연합군의 상륙 작전도 언제쯤 시작될지 모르겠어요.

하지만 그 속에서도 한 가지 희망을 안겨 주는 소식이 있어요.

많은 시민들이 독일 당국에 어떤 식으로든 맞서려고 한다는 거예요.

경찰이나 공무원들은 그런 시민들을 도와 주는 부류와 독일군한테 밀고하는 부류로 나뉘어 있어요.

다행스럽게도 밀고하는 부류는 아주 적다는군요.

1944년 5월 22일 월요일

내 사랑하는 키티.

영국이 정말 상륙 작전을 펼칠까요?

네덜란드를 위해 정말 상륙 작전으로 독일과 맞서 싸울까요? 상륙 작전이 자꾸만 늦어져서 조바심이 나요. 그래도 상륙 작전은 언젠가는 시작될 거예요. 하지만 도대체 그 때가 언제쯤일까요?

맥 빠지는 소식이 또 있어요. 유태인을 대하는 네덜란드 사람들의 태도가 굉장히 많이 달라졌다는 거예요. 대다수의 사람들이 유태인을 곱지 않은 눈길로 보고 있어요.

독일군에게 잡혀간 유태인들이 고문을 견디지 못하고 비밀을 털어놓아서 많은 네덜란드 사람들이 고통을 겪고 있다고 생각하는 모양이에요. 한편으로는 네덜란드 사람들의 마음도 이해가 되지만 솔직히 말하면 나는 무척 화가 나요.

"도대체 우리 유태인들이 뭘 그렇게 잘못했다는 거야? 전세계에서 우리만큼 억울하고 불쌍한 사람들이 또 어디 있다고."

어쨌거나 유태인에 대한 미움이 하루 빨리 없어지기를 바랄 뿐이에요. 나는 네덜란드와 네덜란드 사람들을 정말 좋아하니까요. 착하고 정직한 사람들이 많은 네덜란드가 나의 조국이 된다면 얼마나 행복할까요?

1944년 6월 6일 화요일

나의 사랑하는 키티.

드디어 상륙 작전이 시작되었어요.

이건 꿈이 아니에요. 라디오에서 아침부터 상륙 작전에 대해 떠들고 있어요.

'우리 연합군은 독일이 점령하고 있는 세계 곳곳에서 전투를 벌이고 있으며 승리를 확신합니다. 이제 승리는 우리 것입니다.'

전쟁 소식이 끝난 뒤에는 영국 국왕과 노르웨이 국왕, 벨기에 수상, 프랑스의 드골 장군 등이 계속해서 연설을 했고, 처칠의 감동적인 연설도 이어졌어요. 지금 우리는 모두 흥분해서 어쩔 줄 몰라하고 있어요.

"이제 정말 전쟁이 끝나는 거야?"

그 동안 수도 없이 얘기해 왔던 순간이 눈앞에 다가왔다는 게 도무지 믿어지지가 않아요. 새로운 희망 때문에 용기가 샘솟고 있어요. 승리의 순간까지 어떤 어려움을 더 겪게 되더라도 다 참아 낼 수 있을 것 같아요.

하지만 아직까지는 침착하게 마음을 가라앉히고 기다려야겠죠? 이럴 때일수록 현실을 똑바로 보고 다가오는 변화를 잘 살펴야 할 테니까요.

아아, 키티. 지난번에 언니가 해 준 말이 생각났어요.

"안네야, 운이 좋으면 9월이나 10월쯤엔 다시 학교에 갈 수 있을 거야."

언니의 말처럼 정말 그렇게 될지도 모르겠어요.

생각만 해도 너무너무 기뻐요.

1944년 6월 27일 화요일

나의 사랑하는 키티.

전쟁은 우리한테 유리한 방향으로 진행되고 있어요. 상륙 작전이 시작된 지 3주밖에 안 됐는데 연합군은 벌써 큰 성과를 거두고 있답니다. 독일군 포로는 갈수록 늘어나고 독일군에게서 빼앗은 물건들은 산더미처럼 높이 쌓였겠죠?

지금까지도 비바람이 몰아치는 날씨가 계속되고 있지만 연합군은 아랑곳없이 잘 싸워 주고 있어요. 독일인들은 피난을 가느라 바빠요. 한 달쯤 뒤에는 또 어떤 변화가 일어날지 너무나 기대돼요. 당신도 한번 상상해 보세요.

1944년 7월 21일 금요일

나의 소중한 키티.

모든 일이 잘 돼 가는 것 같아요. 히틀러를 암살하려는 사건까지 벌어졌거든요. 굉장한 뉴스죠? 게다가 암살 계획을 세운 사람은 유태인도 아니고, 영국인도 아닌 독일인 장교랍니다.

불행히도 암살 계획이 실패해서 히틀러는 가벼운 부상만 입었다고 해요.

하지만 이 사건은 독일군 내에서도 다툼이 일고 있다는 것을 확실하게 보여 주었답니다. 연합군한테는 아주 반가운 일이죠. 그렇게 되면 영국군과 소련군이 전쟁을 훨씬 빨리 끝낼 테니까요.

"우리가 너무 좋은 쪽으로만 생각하는 건 아닐까요?"

은신처 식구들 중에는 가끔 이렇게 걱정스러워하는 사람도 있어요. 하지만 지금 여기저기에서 진행되는 전쟁의 상황을 보면 당신도 승리가 멀지 않았다는 걸 금방 알게 될 거예요.

1944년 8월 1일 화요일

나의 키티.

언젠가 말했던 것처럼 나는 서로 다른 두 가지 성격을 갖고 있는 사람이에요.

한 가지는 명랑하고 활달하며 약간은 조심성 없이 행동하는 성격이고, 다른 한 가지는 깊이 사색하고 고민하며 아주 예민한 성격이에요.

사람들은 대부분 나를 참을성이라고는 전혀 없는 말괄량이 여자아이라고 생각한답니다.

내가 갖고 있는 차분하고 생각이 많은 성

격에 대해 알고 있는 사람은 거의 없어요.

하지만 나는 사람들에게 나의 숨겨진 성격에 대해 알리고 싶지 않답니다.

그걸 알게 된다고 해도 사람들은 전혀 진지하게 받아들이지 않고 비웃을 게 뻔하니까요. 겉으로는 아무렇지 않은 척하지만 사실 나는 마음이 굉장히 여린 소녀예요.

만약 사람들의 비웃음을 들으면 나는 틀림없이 마음에 큰 상처를 입고 괴로워할 거예요. 나는 가끔 상냥하고 속이 깊은 아이처럼 보이기 위해 얌전하고 진지하게 행동해요.

그러면 사람들이 어떤 반응을 보이는지 아세요?

"안네, 또 무슨 엉뚱한 마음을 먹었길래 우스꽝스러운 행동을 하는 거니?"

그러면서 코웃음을 친답니다.

그러니 내가 어떻게 나의 진짜 모습을 드러낼 수 있겠어요.

키티, 언젠가는 내가 생각하고 있는 멋진 안네의 모습을 사람들 앞에 보여 주고 말겠어요. 꼭 그렇게 할 거예요.

안네가.

– 이것이 안네의 마지막 일기입니다.

1944년 8월 4일, 무더운 여름날 아침이었어요.

창고지기 두 사람이 문을 활짝 열어 놓고 바쁘게 움직이고 있을 때 갑자기 독일인 경찰과 네덜란드 사람 여럿이 들이닥쳤습니다.

그들은 창고지기 판 마런 씨가 계단 위쪽을 가리키자 곧바로 2층 사무실로 뛰어 올라갔어요.

경찰은 퀴흘레르 씨를 앞세우고 은신처 입구에 서 있는 책장 앞으로 갔어요.

"이것은 책장일 뿐이오."

퀴흘레르 씨가 말했지만 경찰은 이미 다 알고 왔다는 듯 총을 겨누고 직접 책장을 밀어냈답니다.

이렇게 해서 은신처의 비밀 출입구는 모습을 드러내고 말았어요.

은신처로 뛰어든 경찰은 총을 겨누고 사람들을 아래층으로 내려보냈어요. 따라온 네덜란드 사람들과 다른 경찰들은 은신처를 샅샅이 뒤져서 돈과 보석을 찾아내 가방에 담았지요.

안네와 은신처에 있던 식구들은 참담한 기분으로 두려움에 떨면서 독일군 차에 올라탔어요.

독일 비밀 경찰은 퀴흘레르 씨와 클레이만 씨도 함께 끌고 갔어요.

사무실에 남아 있던 베프와 미프는 안네의 일기를 발견하고 책상 서랍에 간직해 두었어요. 평소에 일기를 열심히 쓰던 안네의 모습을 보았던 미프가 일기장을 귀하게 여기고 숨긴 거예요.

그런데 그 뒤에 이상한 일이 벌어졌어요.

창고지기인 판 마런 씨가 자기 마음대로 동료 창고지기를 해고시키더니 회사 일에 일일이 참견을 하면서 사장처럼 행동하기 시작한 것입니다. 판 마런 씨는 건물 열쇠까지 직접 관리했어요.

전쟁이 끝난 뒤 은신처를 독일 경찰에 알린 밀고자가 누구인지를 찾는 조사가 시작되었어요. 결국 밀고자를 밝혀내지는 못했지만, 많은 사람들은 판 마런 씨를 의심했지요.

판 마런 씨가 창고에서 일하면서부터 도둑 소동이 부쩍 잦아진 것이나, 은신처 식구들이 잡혀간 뒤 갑자기 바뀐 그의 태도가 그걸 뒷받침해요.

또 그 당시에 판 마런 씨는 경제적으로 어려움을 겪고 있었어요. 때문에 유태인을 신고하면 보상금을 준다는 말에 혹해서 밀고를 했을 가능성이 컸어요.

하지만 판 마런 씨는 1971년에 세상을 떠날 때까지 자신은 밀고자가 아니라고 부인했답니다.

잡혀간 사람들은 뿔뿔이 흩어져서 수용소에 갇혔어요. 다행히도 클레이만 씨는 한 달쯤 뒤에 적십자사의 도움으로 무사히 풀려나 집으로 돌아왔어요.

퀴흘레르 씨는 이듬해 3월, 독일에 있는 강제 노동 수용소로 끌려가던 중 영국 전투기의 폭격으로 혼란이 일어난 틈을 타 도망쳤어요.

은신처 식구들은 안타깝게도 안네의 아버지 오토 프랑크를 빼고는 모두 목숨을 잃었습니다. 가스실에 끌려가 죽은 사람도 있고, 독일군에게 총살을 당한 사람도 있었어요.

마르고와 안네는 아우슈비츠 수용소를 거쳐 베르겐벨젠 수용소로 보내졌고, 그 곳에서 겨울을 맞게 되었어요.

그 당시 수용소에는 장티푸스가 돌고 있어서 수용소에 갇혀 있던 수천 명의 사람들이 장티푸스 때문에 목숨을 잃었지요.

불행히도 언니인 마르고가 먼저 장티푸스에 걸려 죽었어요.

안네 역시 언니의 죽음을 지켜보면서 슬퍼하다가 장티푸스에 걸려 죽고 말았어요. 두 사람이 죽은 지 한 달쯤 지난 1945년 4월 12일에 영국군은 수용소에 진격해서 나머지 사람들을 모두 구해냈습니다.

살아남은 안네의 아버지 오토 프랑크는 힘겹게 네덜란드의 암스테르담으로 다시 돌아왔어요. 그리고 몇 년 뒤에 안네가 쓴 일기를 책으로 펴냈답니다.

이렇게 해서 어두운 시대를 살았던 한 소녀의 이야기가 마침내 세상에 모습을 드러내게 된 거예요.

[2]『안네의 일기』를 읽고 800자 이내로 독서 감상문을 쓰시오.

Chapter 08

문장은 어떻게 만들어야 하는가?

〈문장의 과정〉

1. 주제(主題)

(1) 주제의 뜻 : ①주제 설정의 방법 ②주제와 주제문

(2) 주제의 기능 : ①통일성 ②긴밀성 ③강조

2. 재료(材料)

(1) 재료 수집의 방법

(2) 재료의 검토

3. 구상(構想)

(1) 구상

(2) 줄거리의 배열

① 자연적 순서 ② 논리적 순서 ③ 동기 부여의 순서 ④ 전통적 순서

⑤ 난이도의 순서 ⑥ 서술 효과의 순서

4. 서술(敍述)

(1) 서술의 4가지 기본 양식

(2) 객관적 서술, 주관적 서술

5. 퇴고(推敲)

(1) 퇴고의 뜻

(2) 퇴고의 원칙

우리가 집을 지을 때, 설계도를 그리고 공사를 하고 준공까지 마쳐야 집이 완성되는 것처럼 작문에도 일정한 절차가 있다.

문장은 구어(口語)와 같이 즉석에서 쓸 수 있는 것이 아니므로 그 조직적, 계획적 성격 때문에 반드시 일정한 절차를 거쳐야 한다.

따라서 어떤 문장이든 작문은 ①주제 설정 ②재료 수집 ③구상 ④서술 ⑤퇴고 등 과정을 밟아야 한다.

1. 주제(主題)

주제란 문장의 중심 사상이다.

주제는 제목(題目), 논제(論題), 제명(題名), 문제(文題), 표제(標題) 등과 구별하여야 한다. 주제와 제목은 일치하는 경우도 있고 일치하지 않는 경우도 있다

주제와 재료는 구별하여야 한다. 주제는 재료에서 발견한 체계화된 어떤 의미이다.

(1) 주제 설정의 방법 : 주제 설정의 과정은 먼저 가주제를 정하고, 그 가주제에서 진주제를 정하는 것이다. 이것이 주제이다. 주제를 설정할 때에는 다음과 같은 기준이 고려되어야 한다.

① 자기가 관심을 가지고 있고 능히 처리할 수 있어야 한다.

② 독자도 관심을 가질 수 있어야 한다.

③ 소정의 분량과 기일(期日)에 적합해야 한다.

④ 문장의 목적, 종류, 발표 지면, 발표 시기 등에 적합해야 한다.

(2) 주제와 주제문 : 주제는 명확하게 인식되어야 한다는 점에서 주제문을 만들어 보는 것은 대단히 중요하다. 주제는 보통 '추상적인 짧은 어구(語句)'로 되어 있으나, 주제문은 '주어와 술어를 갖춘 하나의 文(sentence)'이다.

(3) 주제의 기능 : 주제는 그 다음 단계인 재료 수집, 구상, 서술, 퇴고 등의

모든 과정의 전제가 된다. 문장 구조의 통일성과 일관성을 유지하고, 전체 구조를 강화하게 한다.

① 통일성 : 문장의 전체 구조는 하나의 통일성을 가져야 한다. 이 통일성은 문장 밖에서 오는 자의적인 것이 아니라, 주제와 주제에 관련된 여러 가지 사항을 추구함으로써 이루어지는 것이다.

② 긴밀성 : 문장은 통일성을 가져야 하지만, 동시에 긴밀성을 가져야 한다. 통일성은 주로 주제와 관련되는 재료의 성질을 가리키며, 긴밀성은 주로 주제를 계속적으로 발전시키는 재료의 조직 방법을 가리키는 것이다.

③ 강조 : 문장은 통일성과 긴밀성만으로는 효과적일 수 없다. 강조의 원리가 고려되어야 한다. 흔히 주제를 첫머리에 두면 연역법, 끄트머리에 두면 귀납법이라고 하는데, 이 원리는 주제를 선명하게 내세우는 데에는 매우 효과적이다.

2. 재료(材料)

재료란 주제를 드러내기 위한 얘깃거리이다. 재료를 어떤 경우에는 소재(素材)라고도 하고, 제재(題材)라고도 한다. 논문의 경우에는 자료(資料)라는 말을 쓰기도 한다. 제재란 주제와 재료, 또는 주제에 관련된 또는 뒷받침하는 재료라는 뜻이고, 소재란 선택되고 가공되기 이전의 재료를 말한다.

(1) 재료 수집의 방법

재료는 자기가 적극적으로 모아야 하기 때문에 여기에도 사색과 판단, 그리고 실제의 수집 활동이 요구된다.

① 주의하여 사람, 사건, 또는 자기가 조사한 것에서 말할 재료를 찾

는다.

② 사람들과 면담하거나 자기가 만든, 또는 전문적인 질문 사항에 대한 대답을 요청한다.

③ 적절한 기억에서 자기의 체험을 샅샅이 찾는다.

④ 도서관에 가서 관심을 가진 사항에 관하여 다른 사람이 말했던 것을 찾아낸다. 결국 관찰과 조사, 면담과 질문, 기억과 체험, 사색과 독서 등이 모든 재료의 원천이 된다. 이러한 원천에서 재료를 모으는 것은 평소에 늘 유념하여 꾸준히 실천해야 한다.

(2) 재료의 검토

재료의 검토에는 다음 몇 가지 점을 지켜야 한다.

① 확실성이다. 주제와 관련되고, 출처가 분명하고, 논리적으로 모순이 없고, 공평하게 해석된 것, 그리고 사실 재료와 추론 재료가 구별된 것은 확실성이 있다. 확실성이 있는 재료는 그만큼 신뢰할 수 있다.

② 주제의 지지성(支持性)이다. 주제를 뒷받침할 수 있고, 논점을 지지할 수 있는 재료라야 한다. 논점의 설명, 유추와 비교, 예화(例話), 실예(實例), 숫자(數字), 인용, 반복 등을 위한 재료를 말한다.

③ 관심도이다. 자기와 독자가 동시에 흥미를 가질 수 있는 재료라야 한다. 관심은 재료의 독창성, 참신성, 구체성, 필요성, 친근성, 간장성, 극적 요소, 익살 등에서 온다.

④ 풍부성과 다양성이다. 재료는 풍부하고 다채로울수록 좋다.

3. 구상(構想)

(1) 재료 수집과 검토가 끝나면 그 재료를 배열하는 일이다. 이것을 줄거리(outline) 작성, 곧 구상이라고 한다.

예상되는 문장 설계도인 줄거리는 ① 혼란과 탈선 ② 불필요한 중복과 되풀이 ③ 내용의 망각 ④ 균형의 파괴 등을 예방한다.

문장의 줄거리 작성은 우리가 사물을 인식하고 생각하는 방식에 의거한다. 줄거리 작성의 원리는 인식의 패턴, 또는 사고방식과 일치하는 것이다. 어떤 사물을 인식하고 생각한다는 것은 분석(分析)과 총합(總合)의 작용에 의하여 가능한 것이다. 특수성과 공통성을 지닌 총합 곧 추상화의 과정을 밟아 전체의 이해에 도달할 수 있다. 총합(추상화)의 과정은 어떤 특정의 사물에서 그 공통성을 단계적으로 추상화, 일반화하여 상승하는 과정이다. 이것을 추상의 사다리라고 한다. 여기서 주의할 점은 횡적으로 열거할 때에 동일 수준의 원칙이 반드시 지켜져야 하고, 추상 과정에서 생기는 상하의 단계가 비약이 있어서는 안 된다는 점이다.

(2) 줄거리의 배열

줄거리 작성은 재료를 항목으로 나누어 유기적, 체계적으로 배열하는 것이다. 항목의 배열에는 몇 가지 원칙이 있다.

① 자연적 순서 : 공간과 시간의 순서를 말한다. 사물의 인식이라는 관점에서 보면, 모든 사물은 시간과 공간이라는 두 형식에 의해서 가능한 것이다.

② 논리적 순서 : 인과관계에 의한 논리 추구의 과정을 말한다. 원인을 먼저 제시하고 그 결과를 말한다든지, 결과를 먼저 제시하고 원인을 말하는 순서를 따라 재료를 배열하는 것이다.

③ 동기 부여의 순서 : 인간의 심리에 차례대로 동기를 부여하여, 처음 백지와 같은 상태에서 마침내 행동에까지 이르게 하는 재료 배열 방식이다. 광고, 설득, 보고, 설명 등의 문장에서 5단계로 응용한다.

제1단계 : 주의를 유인하는 단계

제2단계 : 필요성을 제시하는 단계(문제의 제시)

제3단계 : 필요를 충족시켜 주는 단계(문제의 해결법)

제4단계 : 구체화의 단계(증명)

제5단계 : 행동을 유발하는 단계

④ 전통적 순서 : 제도나 관습, 전통적으로 순서가 정해져 있는 사항에 대해서는 그 순서대로 배열한다.

⑤ 난이도의 순서 : 알기 쉬운 내용의 재료를 먼저 제시하고 그 다음에 난해한 것을 배열하는 것이 효과적인 문장이 된다. 기지(既知)에서 미지(未知)로, 단순에서 복잡으로, 부분에서 전체로 또는 전체에서 부분으로 재료를 배열하는 것이다.

⑥ 서술 효과의 순서 : 서술 효과를 고려하여 독자에게 강력한 인상을 줄 수 있는 사항, 중요하다고 생각되는 사항, 용이하게 받아들이고 동의될 수 있는 사항을 먼저 배열하는 것이다. 이에는 중요성의 순서, 수용도의 순서, 점층적 순서 등이 있다.

4. 서술(敍述)

〈서술의 4가지 기본 양식〉

[1] 설명(설명문)

(1) 설명의 성질

(2) 설명과 다른 서법 : ①설명과 논증 ②설명과 서사 ③설명과 묘사

(3) 설명의 방법 : ①동일성 확인 ②실례 ③비교와 대조 ④유분과 분할
⑤정의 ⑥분석

[2] 논증(논문과 논설문)

(1) 논증의 성질

(2) 명제와 논점 : ①명제와 대상 ②명제의 종류 ③명제 설정의 3원칙

(3) 논거 : ①사실 논거 ②의견 논거

(4) 추론 : ①귀납법 ②연역법

[3] 묘사(묘사문)

(1) 묘사의 성질

(2) 묘사의 종류 : ①암시적 묘사와 기술적 묘사 ②주관적 묘사와 객관적 묘사

(3) 묘사의 방법 : ①지배적 인상 ②체제 ③조성 곧, 묘사에서의 선택
④감정 및 정신상태의 묘사

[4] 서사(서사문)

(1) 서사의 성질 : ①행동 ②시간 ③의미

(2) 서사와 다른 서법 : ①서사가 다른 서법을 도입한 경우
②다른 서법이 서사를 도입하는 경우

(3) 서사의 방법 : ①서사의 체제 ②비율 ③조성과 선택 ④시점 ⑤규모
⑥대화 ⑦성격화

문장을 쓰기 시작할 때에는 어떤 의도, 곧 중심적 목적을 가진다. 이 목적은 단지 서술한다는 차원에서가 아니라, 전달이라는 차원에서 가지게 된다. 필자와 독자의 관계를 의식하고, 어떤 의도, 또는 그 목적은 설명(說明: exposition), 논증(論證: argument), 묘사(描寫: description), 서사(敍事: narration)로 나뉜다. 이 서술의 4가지 기본 양식은 논설문, 설명문, 서간문, 감상문, 식사문, 시, 소설, 희곡, 논문 등 모든 문장을 서술하는 데 두루 적용되는 기본 방법이다.

[1] 설명문(說明文)은 어떻게 써야 하는가?
[2] 논설문(論說文)은 어떻게 써야 하는가?
[3] 묘사문(描寫文)은 어떻게 써야 하는가?
[4] 서사문(敍事文)은 어떻게 써야 하는가?

(1) 설명문은 어떻게 써야 하는가?

독자에게 무엇인가를 알리고자 한다. 무엇을 설명하고, 어떤 사상을 독자에게 밝혀주고, 어떤 성격이나 상황을 분석하고, 어떤 말의 뜻을 풀이하며, 어떤 방향을 제시해 주는 것이다. 이러한 의도에서 쓰는 것이 설명이며, 설명의 방법으로 쓴 문장을 설명문이라고 한다.

(1) 설명의 성질

설명(exposition)은 주제를 해설하거나 똑똑히 밝히는 서술의 한 종류다. 설명은 이해에 호소한다. 묘사와 서사도 이해로 이끌지만, 그것들은 주제의 성질이나 움직임을 표현한다. 그러나 설명은 주제를 풀어 밝혀서 이해로 이끈다. 논증도 이해를 포함하지만, 그것은 어떤 진리나 주장을 설득하는 것을 목적으로 한다. 그 목적은 설득이지 단순한 설명이 아니다.

사물의 본질, 의미, 구성, 작용, 이유, 현상, 발생과 존재, 가치, 중요성, 그리고 기능, 목적 등의 여러 가지 물음에 대한 대답이 곧 설명이다.

(2) 설명과 다른 서법

설명은 논증, 묘사, 서사와도 어울려 쓰인다. 설명이 이러한 다른 서법 속으로 흡수되는 경우와, 반대로 설명이 이러한 다른 서법을 보조로 끌어들이는 경우가 있다.

1) 설명과 논증

설명과 논증의 관계는 논리적이라는 점에서, 다른 어느 서법과의 관계보다 더욱 긴밀한 관계를 가진다. 논증의 방법으로 된 논문 또는 논설문 속에는 설명이 도입되지 않을 수 없다.

2) 설명과 서사

설명과 논증에 도입된 통상적인 서사의 사용은 설명적 서사라고 부르는 특수한 형대의 것이다. 보통의 서사는 사건의 의미 있는 시간적 과정을 제시하여 상상적으로 체험하게 하는 서술 양식이다. 그러나 정보를 전달하고 이해를 호소하는 데에 서사가 도입된다. 이것이 설명적 서사이다.

3) 설명과 묘사

설명은 어떤 장면이나 인물의 성격을 효과적으로 이해시키기 위하여 묘사를 도입한다. 그것은 어디까지나 정보의 전달을 의도하는 것이지, 어떤 장면의 인상을 상상적으로 제시하려는 것이 아니다. 이러한 경우와 같이, 설명 속에 도입된 묘사를 보통의 묘사 또는 암시적 묘사와 구별하여 설명적 묘사라고 한다.

(3) 설명의 방법

설명의 방법에는 동일성확인(同一性確認), 실례(實例), 비교(比較)와 대조(對照), 유분(類分)과 분할(分割), 정의(定義), 분석(分析) 등이 있다.

1) 동일성 확인

동일성 확인의 방법은 설명 중에서 가장 단순한 것이다. '그것은 무엇인가'(what is it?)라는 질문에 대하여 대답하는 방법이다. 동일성 확인의 방법은 단순한 것이지만, 정교한 형식을 취하면 분석, 비교 및 대조 등의 방법을 흡수하는 경향이 있다.

2) 실례(實例)

실례는 일반적인 또는 추상적인 사상을 실례로 들어 설명하는 것이다.

3) 비교와 대조(比較와 對照)

비교와 대조도 중요한 설명 방법의 하나다. 설명의 한 방법으로서, 비교는 둘 또는 둘 이상의 사물 사이의 유사성을 드러내어 주제를 밝히는 것이요, 대조는 그 차이를 드러내어 밝히는 것이다.

4) 유분과 분할(類分과 分割)

유분과 분할은 어떤 사물의 종류를 체계적으로 생각하여 설명하는 방법이다. 체계적으로 생각하려면, 어떤 공통의 특징을 찾아서 위로 분류해 올라가든지, 아래로 세분해 내려가야 한다. 이때, 먼저 공통의 특징을 찾는다는 것이 대단히 중요한데, 그것은 필자의 관심에 따라 달라진다. 중요한 특징을 구성하는 것은 내포된 관심에 따라 다양해질 것이다.

사물이나 사상의 분류에는 두 방향이 있다. 하나는 공통성을 찾아서 위로 개괄 또는 일반화해 올라가는 것으로서, 이것을 유분이라고 한다. 다른 하나는 이와 반대로, 아래로 특수화 또는 구체화해 내려가는 것이다. 이것을 분할이라고 한다.

유분과 분할에는 다음 두 원칙이 지켜져야 한다.

첫째, 각 단계에 적용되는 분류의 원칙은 끝까지 하나라야 한다.

둘째, 어떤 종류를 나눈 하위 종류들은 상위 종류를 남김없이 포함해야 한다.

첫째 원칙은, 이를테면, 학생 전체를 종교(신자나 비신자)의 원칙에 의하여 나눈다면 이 원칙 하나만을 적용해야 한다. 여기에 만약 건강상의 문제를 기준으로 추가한다면 분류의 혼란이 일어난다. 둘째 원칙은, 이를테면 학생들을 감리교, 침례교, 유대교, 가톨릭 등으로 나눈다 하더라도 무신론자, 장로교 등의 분류가 빠져 있다면 정확한 분류가 안 된다는 것이다. 하위 분류는 상위 분류에 포함된 사항의 전부가 포함되어야 한다.

5) 정의(定義)

정의는 의미를 안정 또는 정착시킨다는 뜻이다. 곧 의미를 한정한다는 뜻이다.

정의는 정의되는 요소와 정의하는 요소의 둘로 구성된다. 곧 정의항(定義項)과 피정의항(被定義項)으로 구성되는데, 이 둘은 등식이 되어야 한다.

정의에는 세 가지 원칙이 지켜져야 한다.

첫째, 피정의항은 정의항과 동등해야 한다.

둘째, 피정의항은 정의항의 부분이어서는 안 된다.

셋째, 정의항은 피정의항이 부정적인 것이 아니면 부정적이어서는 안된다.

정의는 이러한 원칙 외에도 어떤 공통의 기반이 필요하다. 태어날 때부터 색맹인 사람에게 어떤 빛깔에 관하여 정의를 해도 그 빛깔을 이해하지 못할 것이다.

정의에는 여러 가지 방법이 있다. 유분과 분할에서와 같이, 류(類)와 종(種)의 분류, 유추의 사용, 비교와 대조, 밀접한 관계에 있는 실예의 사용, 역사적 또는 어원적 의미의 탐구, 기본적 특징의 열거 등의 방법에 의하여 정의할 수 있다.

6) 분석(分析)

어떤 사물이나 개념을 분해하여 그것을 구성하고 있는 각 요소를 갈라내는 일이 분석이다.

분석에는 몇 가지 종류가 있다. 대상의 차이에 따라 물리적 분석과 개념적 분석으로 나눌 수 있다. 물리적 분석의 대상은 시계, 집, 고기, 나무 등과 같이 유형적인 것이다. 그런데 물리적 분석에서는 어떤 대상이 공간적으로 그 구성 부분으로 분해될 수 있는 것이다. 민주주의, 민족주의, 이성, 고독 따위의 관념은 각 부분으로 해부할 수 없다. '민족주의'는 그 목적, 정신적 태도, 이해관계에 의하여 분석할 수 있는 것과 같이, 어떤 관념은 다른 사상적 요인으로 분석할 수 있을 따름이다.

분석은 우연히 할 수 있는 것이 아니라, 어떤 원칙에 비추어 계획적으로 해야 한다. 어린아이가 신문을 찢어 모으는 행동을 분석이라 할 수 없다. 반드시 어떤 관심이나 목적을 가져야 한다. 같은 대상도 관심에 따라 구조가 달라지게 마련이다.

물리적 형태이건 개념이건, 분석은 그 구조를 전제로 한다. 어떤 사물이라도 일정한 구조로 형성되어 있다고 생각할 때 분석할 수 있다.

분석에는 또 기능적 분석이 있다. '어떻게 작용하는가', '어떻게 그 기능을 다하고 있는가'에 대한 물음에 답할 때에 기능적 분석을 하게 된다. 기능적 분석은 기능의 과정 분석이다. 곧, 일련의 시간적 진행 단계를 가지고 있다. 이 점에서 설명, 서사의 형태를 취하기도 한다. 기능적 분석은 고유한 기능 또는 목적을 가진 것으로 생각되는 사물의 과정을 2단계로 구별하여 설명하는 것이다. 그런데 기능과 목적은 일단 구별할 수도 있다. 대학에 대하여 논의한다면 목적의 관점에서 분석할 수 있다. 왜냐하면, 대학은 어떤 목적에 의하여 설립된 것이기 때문이다. 그러나 혈액 순환에 대하여 논의한다면, 다만 그 특유의 기능의 관점에서 분석할 수 있다.

분석에는 또 연대적 분석(年代的 分析)과 인과적 분석(因果的 분析)이 있다. 연대적 분석은 역사적 사건을 연대적 순서로 분석, 설명하는 것이다. 역사적 사건은 그 기능이나 목적으로 분석하기 어렵다.

그 원인은 무엇인가? 어떠한 결과가 일어나는가를 대답하기 위하여 분석하는 것이 인과적 분석이다. 곧, 어떤 사물의 원인과 결과를 분석하는 것이다. 인과적 분석에는 결과에서 원인으로, 또는 원인에서 결과로 추구하는 두 방향이 있다. 인과적 분석은 사건을 많이 다루게 된다. 이 점에서 인과적 분석은 설명적 서사의 형식을 취한다.

(2) 논설문은 어떻게 써야 하는가?

독자의 생각, 태도, 관점, 감정 등을 변화시키고자 한다. 완전히 객관적으로 또는 비개인적 방법으로 독자가 가지는 논리적 능력에 호소할 수도 있고 독자의 감정에 호소할 수도 있으나, 어느 경우이건 그 의도는 독자에게 어떤 변화를 일으키고자 하는 것이다. 어떤 주장, 판단, 의견을 제시하고 증명하여 독자를 설득시키려는 의도에서 쓰는 것을 논증이라 하고, 논증의 방법으로 서술된 문장을 논증문(논문과 논설문)이라고 한다.

(1) 논증의 성질

논증은 어떤 문제를 증거에 의하여 조리 있고 순서 있게 배열, 논술하여 독자를 확신하게 하고 설득하는 서술 방법이다.

논증은 두 단계로 구분해 볼 수도 있다.

1) 논증은 어떤 명제에 대하여 논거를 서술하는 활동을 의미한다. 이 단계에 머무는 논증을 설명적 논증, 논의문이라 할 수 있을 것이다.

2) 논증은 독자 또는 듣는 사람으로 하여금 논술자의 의도대로 생각하거나 행동하게 하기 위하여 쓰는 서술의 한 종류이다. 설득적 논증(說得文)이라고 할 수 있다. 논증은 어떤 문제에 대한 의견이나 판단의 대립이 있어야 한다. 의견, 주장의 대립은 논증을 다른 서술 양식과

구별하는 조건이 되어야 한다.

논증에는 감정에 호소하는 경우와 논리 또는 오성에 호소하는 경우, 또는 양자에 다 호소하는 경우가 있다.

(2) 명제(命題)와 논점(論點)

1) 명제와 대상

논증은 어떤 명제를 가져야 한다. 명제란 판단의 진술이다. 곧 판단을 기호화(文으로 만드는 것)한 것이다. 명제는 주어 - 술어 - 목적어로 된 文으로 간략하게 기술되는 것이다.

2) 명제의 세 가지 종류

명제는 그것이 포함하는 대상에 따라 크게 두 종류 또는 세 종류로 나뉜다. ㉠'사실의 명제'와 ㉡'정책의 명제'를 가진다. 사실의 명제는 사실의 유무, 존재 여부, 진위 등에 관한 것이다. 사상, 윤리, 인생, 이상, 예술 작품 등 주로 가치에 관한 것은 가치의 명제로 보기도 한다.

3) 명제 설정의 세 원칙

명제의 설정에는 다음과 같은 세 가지 원칙이 지켜져야 한다.

첫째, 명제는 단일해야 한다.(단일성)

둘째, 명제는 명확해야 한다.(명확성)

셋째, 명제는 선입관 또는 편견이 없는 것이라야 한다.(보편타당성)

논증하기 위해서는 그러한 문제들을 찾아내지 않으면 안 된다. 그러한 문제들이 하나의 명제를 완전히 논증하기에 충분한 것일 때, 곧 명제에 대한 본질적인 문제들일 때, 그것을 '논점'이라고 한다.

논점에는 시인 논점(是認論點: admitted issues)과 중요 논점(重要論點: crucial issues)이 있다.

논증에서는 몇 가지 논점이 확정되어야 한다. 논점의 확정은 명제의 분석에 의하여 이루어진다.

(3) 논거(論據)

명제는 증거에 의하여 입증되어야 한다. 증거에 의하여 명제를 입증하는 재료를 논거라고 한다.

모든 증거는 사실과 의견으로 이루어진다. '문제의 사실'은 증거로서 중요하지만, 사람들은 또 권위를 가졌다고 생각되는 다른 사람의 의견을 요구한다. 전자를 사실 논거, 후자를 의견 논거라고 한다.

1) 사실 논거(事實論據)

사실 논거는 확실성 있는 자료에 의하여 ㉠검증될 수 있거나, ㉡입증될 수 있는 것이라야 한다.

2) 의견 논거(意見論據)

명제의 입증을 위하여 사실 외에 권위 있는 의견을 요구한다. 권위가 없는 의견은 논증을 뒷받침할 수 없다. 권위는 또 성공한 사람의 의견에도 인정된다.

권위는 그 시기와 관련이 있다. 그때에는 권위로 받아들여졌지만, 지금은 권위로 인정받지 못하는 경우도 있다. 전문가의 권위는 가끔 분야를 혼동하는 경우도 있다. 권위라는 것도 각기의 전문 분야에 엄격히 한정해야 한다. 그러므로 권위 있는 의견도 검증되어야 한다. 그리고 그러한 권위의 시기적 절성도 고찰되어야 한다.

(4) 추론(推論)

추론이란 '논리적으로 서술한다', '논증하여 결론을 내린다', '논단한다', '논술하여 설복시킨다' 등의 뜻이 있다. 여기서는 어떤 명제를 논거에 의하여 결론에 도달하기까지 논술하는 일련의 과정을 의미한다. 추론은 명제와 그것을 입증하는 논거가 있어야 하고 자료에서 출발하여 결론에까지 이르는 논술의 과정이 포함된다.

1) 귀납법(歸納法)

추론의 방법에는 귀납법과 연역법이 있다. 많은 구체적 사례에서 이와 같은 종류의 모든 사례는 다 동일한 것이라는 일반적 결론에 이르는 것을 일반화라고 말한다. 약간에서 전체로 비약하는 이와 같은 경우를 귀납적 비약이라고 한다.

2) 연역법(演繹法)

연역법은 가능성이 아니라 확신을 주는 형식이라는 점에서 귀납법과 구별된다. 연역법은 일반적 법칙에서 개개의 구체적 결론을 얻는 추론형식이다.

연역적 과정을 단순한 형식으로 설정한 것이 삼단논법(三段論法)이다. 삼단논법은 대전제(大前提)라는 일반 원칙을 제시하고 소전제(小前提)를 매개로 하여 일반 원칙에 일치하는 구체적 결론을 얻는 형식이다.

삼단논법 자체는 세 명제로 구성되어 있으며, 처음의 두 명제를 전제(前提)라고 하고, 끝 명제를 결론이라고 한다. 대개념을 담고 있는 명제를 대전제, 중개념을 담고 있는 명제를 소전제라고 이른다. 그러므로 삼단논법은 대전제(大概念), 소전제(中概念), 결론(小概念)으로 구성되어 있다. 대전제, 소전제, 결론, 곧 이러한 유별(類別)들의 관계에 대해서 네 가지 기본 명제를 만들 수 있다.

㉠ 모든 X는 Y안에 있다. 모든 사람은 죽는다.

㉡ 모든 X는 Y에서 제외된다(X는 Y안에 있지 않다). 고래는 물고기가 아니다.

㉢ 어떤 X는 Y안에 있다. 어떤 여성들은 잔인하다.

㉣ 어떤 X는 Y에서 제외된다. 어떤 영웅들은 알려져 있지 않다.

또 삼단논법에는 앞서 설명한 보통의 형식 외에도 두 가지가 더 있다.

첫째는 선언적(選言的) 삼단논법이다. '선언적'이라는 말에서 알 수 있는 바와 같이 선택의 여지를 제시하는 전제에서 하나를 제외하고 남은 하나가 결론이 되는 형식이다. 곧, 근거나 이유가 없는 것은 제외되고, 근거나 이유가 있는 것이 결론이 된다. 그래서 '이것이거나 또는 저것이거나'(either-or) 형식이라고도 한다.

둘째의 형식은 '만약 그렇다면'(if-then)과 같은 가정적 삼단논법(假定的 三段論法)이다. 조건이 제시되고, 그 조건이 충족되면 그것에 따라 결과가 나오게 마련이다.

(3) 묘사문 은 어떻게 써야 하는가?

자기가 보고 듣고 겪은사물의 인상을 그대로 생생하게 독자로 하여금 상상적으로 체험하게 하고자 한다. 그 대상은 자연의 정경, 도시의 거리, 사람의 얼굴 등 삼라만상이 해당된다. 이러한 대상들을 있는 그대로 객관적으로 그려내어 서술하는 것이 묘사이며, 묘사의 방법으로 서술한 문장을 묘사문이라고 한다.

(1) 묘사의 성질

묘사란 사물의 현상을 관찰하여 그 인상을 감각적으로 그리는 서술의 한 형식이다.

사물의 현상이란, 사물의 형태, 색채, 감촉, 향기, 소리, 다른 사물과의 관계, 장소 등, 주로 감각적 요소가 어울려 겉으로 드러난 인상을 말한다. 묘사란 사물이 지닌 성질, 사물이 우리의 감각에 만들어주는 인상이 무엇인가를 나타낸다. 그것은 관찰자 앞에 직접 드러나는 사물을 상상(想像)으로 암시하려고 한다. 이것이 본래의 묘사, 곧 암시적 묘사이다. 암시적 묘사는 다른 서술 양식, 곧 설명, 논증, 서사와 관련되어 쓰인다. 그 중에서도 특히 서사와는 깊은 관련을 맺고 있다.

(2) 묘사의 종류

묘사에는 동기와 목적에 따라 암시적 묘사와 기술적 묘사 또는 설명적 묘사로 나뉜다. 또 대상을 주관적으로 서술하느냐, 객관적으로 서술하느냐에 따라 주관적 묘사와 객관적 묘사로 나뉜다.

1) 암시적 묘사와 기술적(설명적) 묘사

기술적 묘사는 사실상 설명의 한 방법, 한 양식이다. 묘사는 설명을 위하여 자주 사용되는데, 그러한 경우, 보통의 묘사 곧 암시적 묘사와는 구별되는 기술적 묘사가 된다.

암시적 묘사와 기술적 묘사를 구별하는 기준은 인상의 전달이냐, 그렇지 않으면 정보의 전달이냐에 있다. 전자의 목적으로 서술한 것이 보통의 묘사인 암시적 묘사, 후자의 목적으로 서술한 것이 기술적 묘사, 또는 설명적 묘사이다.

2) 주관적 묘사와 객관적 묘사

"이 꽃은 붉다." "이 사과는 아직 푸르다"라는 말은, 단지 꽃과 사과의 빛을 표현한 것이다. 필자의 심리는 투영되어 있지 않으므로 객관적 묘사이다. 그러나 "이 꽃은 아름답다." "십년 만에 만난 친구의 목소리인들 이 빗소리보다 더 반가우랴!" 등은, 꽃보다 빗소리가 관찰자에게 준 영향이 나타나 있다. 객관적 대상이 준 관찰자의 감정적, 심리적 반응이 나타나 있으므로 주관적 묘사이다. 모든 묘사가 주관과 객관으로 엄밀하게 구별되어 나뉘는 것이라기보다, 주관적 묘사와 객관적 묘사가 대체로 뒤섞이어 있다.

(3) 묘사의 방법

사물을 효과적으로 묘사하는 데에는 몇 가지 방법이 고려되어야 한다. 대상의 세부(細部)를 감각적으로 열거하듯이 그리는 것만이 묘사가 아니므로,

대상에 대한 통일된 인상, 단일한 기본 태도, 세부의 유기적 연결과 조성, 심정의 묘사와 비유 등에 유의하지 않으면 안 된다. 여기서 지배적 인상, 전체의 통일된 체제, 세부의 유기적 조성, 비유어와 심정의 표현 등은 묘사의 중요한 방법이다.

1) 지배적 인상

묘사는 사물의 세부를 생동감 있게 표현하는 것이지만, 그렇다고 그 세부의 하나하나를 목록으로 작성하듯이 표현할 수 없다. 세부의 하나하나가 어울려 형성하는 지배적인 하나의 인상을 잡아서 그것을 초점으로 묘사하는 것이다.

2) 체제

묘사를 효과적으로 하기 위해서는 먼저 체제에 대하여 알고 있어야 한다.

체제는 세부보다는 전체적 조직의 한 원리이다. 우리가 어떤 한 인물, 한 대상, 한 장면을 관찰할 때, 그것들은 각각 고유의 통일성이 있음을 보게 된다.

체제에도 여러 가지가 있다. 고정된 시점의 체제와 이동하는 시점의 체제를 먼저 들어 본다. 고정된 시점의 체제는, 관찰자가 자기의 위치를 고정시켜 놓고 대상을 관찰하여 그 세부 하나하나를 식별하여 의미를 부여하고 전체적으로 조직하는 것을 의미한다. 이와 반대로 관찰자가 자기의 위치를 이동하면서 대상을 관찰할 때에는 이동하는 시점의 체제가 된다.

3) 조성, 곧 묘사에서의 선택

체제는 세부의 전체적 조직에 관계하는 것이나, 조성은 표현되는 세부의 성질에 관련되는 것이다. 필자는 모든 세부를 다 표현할 수도 없고, 또 통일된 인상도 없이 세부의 목록을 지루하게 다 열거할 수도 없다. 필자의 의도는 대상에 대한 통일적 인상을 표현하는 것이므로, 모든 세부 중에서 대상 전체를 암시하고 독자의 상상에 적합한 것을 선택해야 한다.

4) 감정 및 정신상태의 묘사

사물은 물리적 형태가 있으므로 감각을 통하여 인식할 수 있고, 쉽게 묘사할 수 있다. 그러나 우리의 감정과 정신상태는 물질이 아니므로 감각을 통하여 인식하기 어렵다.

(4) 서사문은 어떻게 써야 하는가?

어떤 사건의 의미 있는 시간적 과정을 표현하고자 한다. 사건이 웅장하든 평범한 것이든 상관없이 저자는 시간 속의 한 연속과, 경우에 따라서는 한 사건이 다른 사건으로 어떻게 전개되는가 하는 이유를 제시하고자 하는 것이다. 이러한 의도로 서술하는 것이 서사이며, 서사의 방법으로 서술된 문장을 서사문이라고 한다.

(1) 서사의 성질

서사는 사건을 표현하는 서술의 한 양식이다. '무슨 사건이 일어났느냐?' 하는 물음에 대한 대답인데, 그것은 스토리의 형태를 취한다. 서사라고 하면 소설이라고 생각하기 쉽다. 소설도 서사에 포함되지만, 소설뿐만 아니라 자서전, 회고록, 탐방 기록 등 사건을 서술하는 모든 문장은 다 서사에 포함된다.

사건이란 무엇인가? 사건은 행동, 시간 그리고 의미의 세 가지 요소를 내포한다. 모든 서사는 의미 있는 행동의 시간적 과정이다.

1) 행동(movement)

서사는 움직이는 정경, 활동하는 대상, 움직이는 생명을 제시한다.

2) 시간(time)

행동 또는 사건은 시간의 과정이다. 그러나 서사는 하나의 단순한 시간의 분절(分節)이 아니라 시간의 한 단위이며, 그 단위는 본질적으로 완결된 하나의 사건이다. 그것은 더 큰 사건의 부분일 수도 있고, 더 작은 부분들을 포함할 수도 있으나, 그러나 본질적으로 그것은 완결된 것이다.

3) 의미(meaning)

사건이란 단지 사건의 연속이 아니라, 의미 있는 일련의 사건이다. 우리가 "서사라고 하는 것은 발단에서 종결까지의 시간의 한 단위를 제시해 준다." 라고 말했을 때에는 이미 그 속에 의미 있는 일련의 사건이 내포되어 있음을 암시한 것이다. 서사란 단지 시간적 순서로 사건을 아무렇게나 모아서 배열하는 것이 아니라, 의미의 통일성을 가져야 하는 것이다.

(2) 서사(敍事)와 다른 서법(敍法)

서사도 다른 서술 양식과 밀접한 관련을 가진다. 서사와 다른 서법과의 관계에 있어서는 서사가 다른 서법을 끌어들여 이용하는 경우와, 서사가 다른 서법에 흡수되어 이용당하는 경우의 두 가지로 나누어 볼 수 있다.

1) 서사가 다른 서법을 도입한 경우

서사는 독자에게 사건을 제시한다. 그 사건 속에는 행동하거나 행동하여지는 사건과 인물을 포함한다. 제시한다는 것은 사건이나 인물에 대하여 이야기한다는 뜻이 아니라 그것의 실제적 존재, 그 현상, 그 성질 등의 느낌을 나타냄을 의미하는 것이다. 그것은 정도의 차이는 있어도 묘사와 같다고 볼 수 있다.

서사가 어떤 부분을 이해시키고자 할 때에는 설명의 방법을 끌어들인다. 사건이란 한 단계에서 다음 단계로 이동하는 의미 있는 시간적 과정을 가지므로, 어떤 사건이 다른 사건의 원인이 된다는 사실을 설명할 필요가 있고, 또 사건의 줄거리를 개괄적으로 설명할 필요도 있다.

2) 다른 서법이 서사를 도입하는 경우

묘사, 설명, 논증 등이 서사를 보조로 도입하는 경우가 있다. 가끔 수필에서 서사를 보조로 도입하는 예가 있기는 하지만, 묘사는 서사를 도입하는 일이 매우 드물다. 설명과 논증에서는 가끔 서사를 도입한다. 무엇인가를 구체적으로 설명하거나, 보다 생생하게 확신시켜서 설득하려고 할 때에는 태도를 극화(劇化)하고, 어떤 사항을 구체적 실례로 들기도 한다. 특히 설명이 서사를 끌어들인 경우, 설명적 서사라고 한다.

(3) 서사의 방법

서사의 방법으로는 1) 서사의 체제, 2) 비율, 3) 조성과 선택, 4) 시점, 5) 규모, 6) 대화, 7) 성격화 등이 고려되어야 한다.

1) 서사의 체제(pattern in narration)

사건의 시간적 과정을 가진 여러 가지 서사문(敍事文), 곧 소설(小說), 일화(逸話), 골계담(滑稽談), 전기(傳記), 실록(實錄), 비사(秘史), 신문기사(新聞記事) 등을 읽기도 하고 듣기도 한다. 이러한 여러 가지 장르는 각기 다른 조직적 성격을 가지고 있으나 개개의 장르에는 공통적인 기본 원리의 체제가 있다.

2) 비율(proportion)

서사문의 각 부분의 관계는 각 부분의 비율이 고려되어야 한다. 어떤 의미로는, 이 말이 각 부분간의 단순한 기계적 비율을 의미한다는 그릇된 생각을 하기 쉽다. 실제에 있어서, 이런 식으로 비율의 문제를 생각할 수 없다. 이를테면 우리는 "분규는 제시보다 세 시간이 더 길다."거나, "대단원보다 다섯 시간이 더 길다."는 식으로 말할 수는 없다.

3) 조성(texture)과 선택(selection)

전체의 조직에서 세부의 문제로 눈을 돌리면, 체제에서 조성의 문제로 바뀐다. 조성은 사건 세부의 상호관계에 관련된다. 여기서 세부의 선택 문제가 일어난다. 선택은 묘사에서와 마찬가지로 서사에서도 중요하다.

4) 시점(point of view)

시점은 서사에서 있어서 가장 중요한 문제점을 내포하고 있다. 일상회화에서도, '내가 보는 바(시점)로는, 김용식은 정직하다고 생각한다.' 든지, '나는 그의 관점,시점을 이해한다. 그러나 동의할 수는 없다.'라는 말을 쓴다. 이 두 진술에서 시점이란 어떤 태도, 어떤 가치관, 사상의 본체, 기타 상태 등을 의미함을 알 수 있다. 이러한 의미에서 이 말을 다음과 같이 고쳐 쓸 수 있다. '나의 가치관(나의 사상, 나의 태도)에 따르면, 김용식은 정직하다고 생각한다' 든지, '나는 그의 사상(가치관, 태도)을 이해한다. 그러나 동의할 수 없다.' 그러나 서사(敍事)에 있어서는 시점(視點)이란 사건의 행동을 관찰하는 처지를 의미한다.

5) 규모(scale)

서사에는 규모의 문제가 고려되어야 한다. 서사문의 지배적 관심이나 중요부분이 시점을 규정하는 것같이, 또 그것이 다루는 규모도 규정한다. 여기서 우리는 개괄 묘사와 완전 묘사의 두 가지 대립되는 방법을 구별할 수 있다.

6) 대화(dialogue)

서사는 소설뿐만 아니라 역사적 기록, 전기, 기타의 비슷한 글들에서 대화를 자주 사용한다. 대화는 가끔 줄거리를 이야기하는 쉬운 방법인 듯이 보이기도 한다.

대화는 어떤 사실을 현실적으로 보여주는 것이다. 그것은 현실적인 생활, 곧 회화에서의 휴지(休止)와 변화와 망설임의 감각이다. 그것은 하나의 인상이지, 한 마디 한 마디를 단순히 기록한 것이 아니다. 그런 인상을 나타내기 위한 법칙은 없으나, 작가는 그 인상의 효과를 위하여 어떤 연구가 있어야 한다. 대화야말로 문장의 구체성을 살리는 중요 요소이다.

대화는 의지, 감정, 성격 등 개인의 특질을 나타낸다. 이것은 매우 중요한 것이다. 대화는 개인적 특질 외에, 문화적 배경, 종족과 지리적 원인 등에 의존하는 성질이 있다. 그러한 여러 특질은 어떤 집단의 성원이 공유하고 있다. 그러한 특질들을 드러내는 보편적 방법은 방언의 특질을 살리는 데에 있다.

7) 성격화(characterization)

인물과 사건은 밀접한 관련을 가진다. 신문기사에서 소설에 이르기까지의 모든 서사문은 인물에 관한 글이다. 모든 사건은 사람에게서 일어나고, 사람은 사건을 만든다. 사건을 이해하기 위해서는 거기에 포함된 인물, 그 인물의 성질, 동기, 반응을 이해하여야 한다. 사건의 표현은 곧 인물의 표현이다. 이러한 과정을 성격 규정 또는 성격화라고 한다.

[5] 퇴 고(堆敲)

퇴고에는 4가지 활동이 있다.

첫째, 보태기(添加)요.

둘째, 깎아버림(削除)이요.

셋째, 바꿈(換語)이요

넷째, 옮김(移動)이다.

다음은 퇴고하면서 주의해야 할 사항들이다.

(1) 주제(主題)

① 주제는 뚜렷하게 드러나 있는가.

② 주제문은 정확하고 적절하게 나타나 있는가.

③ 주제보다 다른 사상이 더 강조되어 있지 않은가.

④ 주제와 다른 부분이 조화되어 있는가.

(2) 재료(材料)

① 주제를 뒷받침할 수 있는 재료가 수집되어 있는가.

② 재료는 설득력이 있고 풍부하고 확실한 것인가.

③ 독자에게 흥미있고 이해 가능한 재료인가.

(3) 구성(構成)

① 재료의 배열 순서가 효과적이며 적합한가.

② 구성은 문장의 목적, 문학 양식(장르)에 적합한가

③ 시작, 중간, 결말의 균형이 잡혀 있는가.

(4) 단락(段落)

① 단락의 구분이 적절한가.

② 단락은 그 기능과 역할을 다하고 있는가.

③ 단락의 소주제(小主題)는 잘 드러나 있는가.

④ 한 단락 속에 여러 가지 생각이 뒤섞여 있지 않은가.

⑤ 단락과 단락의 연결은 적절한가.

⑥ 단락 안의 여러 부분의 상호 관계는 적절한가.

(5) 문(文)

① 한 문(文) 속에 두 가지 이상의 생각이 들어 있어서 혼란을 일으키지 않는가

② 문(文)의 장단(長短)은 적절한가.

③ 주술 및 수식 관계는 일치하는가.

④ 종속절과 주절의 관계는 분명한가.

(6) 어구(語句)

① 부정확한 어구는 없는가.

② 문맥에 맞지 않은 어구는 없는가.

③ 난해어, 특수어, 전문어 등은 적절하게 처리되어 있는가.

④ 속어, 은어, 비어 등은 없는가.

⑤ 문맥이 더 잘 통할 수 있는 유사어로 바꿀 수 있는 어구는 없는가.

(7) 문자, 정서법, 부호

① 틀린 글자는 없는가.

② 조사는 정확하게 씌어 있는가.

③ 접속어는 정확하게 씌어 있는가.

④ 기타, 정서법에 맞는가.

⑤ 띄어쓰기는 정확한가.

⑥ 부호는 정확하게 사용되어 있는가.

Chapter 09

「청춘 예찬」, 「인생 예찬」, 「신록 예찬」을 필사하시오.

(1) 민태원의 「청춘 예찬」을 검색해서 필사하시오.

(2) 김진섭의 「인생 예찬」을 검색해서 필사하시오.

(3) 이양하의 「신록 예찬」을 검색해서 필사하시오.

(1) 민태원의 「청춘 예찬」을 검색해서 필사하시오.

■ **민태원**

(1894~1935) 호 우보(牛步)
충남 서산출생
소설가, 언론인, 번역가
와세다대학 정경과 유학
조선일보, 동아일보 기자
폐허 동인 활동
대표작 부평초, 갑신정변과 김옥균, 애사 등

(2) 김진섭의 「인생 예찬」을 검색해서 필사하시오.

■ **김진섭**

시인, 수필가, 평론가, 독문학자 예명 청천(聽川)
전남 목포 출생
경성 양정고보 졸업
일본 호세이 대학 독문학과 수학
서울대, 성균관대 교수 역임
'해외문학'잡지 창간 주재, '극예술 연구회' 조직
독문학 작품 번역
납북 작가
다수편의 평론집 및 수필 등 저술

(3) 이양하의 「신록 예찬」을 검색해서 필사하시오.

■ 이양하

1904년 8월 24일에 평안남도 강서군에서 출생했다. 평양고등보통학교와 일본 교토 제3고등학교를 졸업하고, 동경제국대학과 동 대학원에서 영문학을 전공했다. 1934년부터 연희전문의 교수로 근무하다 해방이 되자 서울대학교 영문학과로 근무처를 옮겼으며, 1950년대에는 하버드대와 예일대에서 영문학을 연구하며 『영한사전』편찬에 심혈을 기울였다. 1954년에 대한민국 학술원 회원이 되었고, 1957년 귀국하여 1963년까지 서울대학교 교수와 문리대 학장 서리를 지냈다. 1963년 2월 4일 위암으로 타계했다.

Chapter 10

수험 작문 잘 쓰는 법

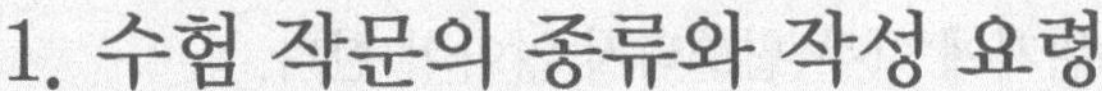

1. 수험 작문의 종류와 작성 요령

(1) 수험 작문의 종류

수험 작문은 입학시험 작문, 취지시험 작문, 자격이나 면허 획득을 위한 시험 작문으로 나눌 수 있다.

수험 작문은 ①논설문(論說文) ②설명문(說明文) ③보고문(報告文: report) 세 가지로 나눌 수 있다. 그 공통점은 정서적, 상상적인 것보다 체계성과 논리성을 바탕으로 하고 있다는 점이다. 구성의 조직성과 주제의 논리적 전개를 중요시한다. 따라서 재료의 배열과 구상도 연구 논문이나 일반 논설과 마찬가지로 서론, 본론, 결론의 기본 형식에 의거해야 하고, 확실성과 보편타당성을 가지도록 논리적으로 서술해야 한다.

(2) 수험 작문의 특성

수험 작문은 분량, 곧 원고 장수나 자수(字數)의 제한이 있다. 대학입시의 경우에는 2백자 원고지 2장 정도이나, 입사시험이나 취직시험의 경우에는 2백자 원고지 5~10장 정도가 된다.

수험 작문의 경우에는 반드시 시간 제한이 있다. 이는 분량 제한과 비례적 관계가 있다.

수험 작문에서는 거의 제목이 지정된다. 자유제가 있기도 하나 그것은 예외이다. 입학시험의 경우에는 '언어 순화의 방법', '환경 미화의 한 방안', '합격의 기쁨을 고향의 부모에게 알리는 편지' 등의 제목이 제시될 것이다. 입사 또는 취직시험의 경우에는 '우리 회사를 지망한 이유', '인구와 산아 제한 문제', '광고의 윤리성' 등이 제시될 것이다. 수험 작문은 시험장이라는 지정된 장소에서 쓴다. 서두르고 긴장되고 경쟁 심리로 가득 찬 분위기 속에서 쓰게 된다는 점에 유의하여, 그런 분위기에 너무 휩쓸리지 않아야 한다.

(3) 수험 작문 작성의 요령

제시된 제목에서 주제를 설정하고 그 범위를 한정하여야 한다. 1차로 설정한 주제는 가주제(假主題: pseudo-subject) 또는 임시 주제이다.

① 능히 처리 할수 있는가.

② 소정의 분량과 제한된 시간에 적합한가.

③ 자기와 독자가 관심을 가질 수 있는가 등의 세 가지 조건에 비추어 진주제(眞主題: true-subject)를 확정한다.

진주제가 확정되면 그것을 전개할 수 있는 재료를 수집하고 구상을 해야 한다. 재료의 수집 방법으로 실험, 관찰, 조사 등이 있지만, 수험작문에서는 그것이 불가능하다. 즉석에서 백지에 생각나는 대로의 재료 항목을 열거하거나 머릿속에서 열거해야 한다. 그리고 그것을 그 문장의 목적이 요구하는 형식에 따라 즉석에서 구상한다. 수험 작문이 논설, 설명, 보고 등의 분야라면 논리적으로 전재해야 한다.

글자 수, 문자(한글 전용, 또는 국한 혼용), 성명 기록의 여부, 수사법 사용의 지정, 기타 지시 사항은 꼭 지켜야 한다. 이러한 지시 사항은 채점의 중요한 기준이 된다.

① 띄어쓰기, 문장부호, 철자 등의 정서법을 지키고,

② 원고지 사용법을 지키며,

③ **외래어(필요한 경우 외에는 원어를 쓰지 말 것), 고사(故事), 익살 등은 신중하게 사용해야 한다. 동일어의 심한 반복은 내용의 빈약상을 보여주므로 피하는 것이 좋다**

회사, 공공기관, 학교 등의 취직 및 입시 시험 때에 치르는 작문을 일괄하여 수험 작문이라고 한다.

2. 원고지 사용법

[1] 원고지의 개요

(1) 원고지의 정의

원고지(原稿紙)는 편집, 식자, 조판, 인쇄 등의 일정한 규격을 가진 활자 면에 필요한 분량을 써넣기 위하여 만든 용지를 말한다. 주로 신문, 잡지, 출판사 등에서 활용하는 원고지는 문서의 분량을 쉽게 파악하고 글을 교정하는 데 매우 효율적인 도구이다. 근래에는 컴퓨터를 이용한 워드프로세서 기술이 발전하면서 '원고 분량 측정'이라든지 '교정' 기능이 원고지에서 컴퓨터로 옮겨져 지금은 많이 사용하지 않고 있다.

「대입 논술 시험」에서는 띄어쓰기나 맞춤법 등에 유념해 글을 쓰도록 하기 위해 A3 용지에 800~2,000자의 칸이 그려진 원고지가 주어진다.

(2) 원고지의 필요성

원고지에 글을 쓰면 글의 분량을 쉽게 파악할 수 있으며, 문단별 의미를 좀 더 쉽고 정확하게 파악할 수 있고, 문장의 여러 격식을 분명히 나타낼 수 있어 글쓴이의 의사를 명확하게 제시할 수 있다.

각종 워드프로세서의 의존도가 높아지는 환경에서 원고지에 글을 쓸 기회가 줄어들고는 있으나 원고지라는 규격화된 용지에 쓰게 되면 정확히 글을 쓰는 방법을 익힐 수 있으며, 신경 써서 글을 쓰게 되므로 띄어쓰기와 맞춤법, 문장부호 등을 정확히 익힐 수 있다.

[2] 원고지의 종류

(1) 일반용 원고지

보통 일반적으로 사용하는 원고지는 200자, 400자, 600자로 나누어져 있다.

① **200자 : 원고지 형식 중 가장 일반적으로 사용되고 있고, 1행에 20자 10행으로 구성되어 있다.**

② **400자 : 1행에 20자 20행과 1행 25자 16행 등으로 구성되어 있다.**

③ **600자 : 대학생과 학자들의 연구 논문에 많이 사용되며 1행 25자 24행과 1행 20자 30행으로 구성되어 있다.**

(2) 특수용 원고지

① **4x6배판 : 신문 작성이나 사진 편집할 때 사용한다.**

② **1000자 : 국판 1000자 원고지이다.**

[3] 원고지 사용법

원고지 사용법에 절대적인 원칙이 있는 것은 아니다.

그러나 원고지는 일정한 사용법이 약속처럼 정해진 규격화된 양식이므로 원고지에 글을 쓸 경우에는 그 사용법에 따라 쓰는 것이 중요하다.

(1) 첫머리(칸 비우기와 줄 바꾸기) 작성

첫머리에는 글의 종류(원고지 1행의 두 번째 칸부터), 제목(2행 중심부) 및 부제목

(양끝에 줄표(–)를 표시하여 본제목 아랫줄), 소속(제목 아래 1행을 비우고)과 이름(소속 다음 행) 등을 쓴다.

글의 종류를 기입하지 않고 제목을 바로 쓸 경우에는 맨 위 한 줄을 비우고, 둘째 줄 중간에 제목을 쓴 뒤, 한 줄을 비운 다음 본문을 작성하면 된다.

① 글을 맨 처음 시작할 때에는 반드시 첫 칸을 비운다.

② 각 단락이 시작될 때에는 첫 칸을 비운다.

③ 항목별로 나열할 때는 한 칸씩 비우고 쓴다.

④ 대화체는 첫 칸을 비우고 쓴다.

(2) 본문 작성

① 한글은 한 칸에 한 자씩 쓴다. 다만, 알파벳(소문자)이나 아라비아 숫자 등은 두 자 이상일 경우에는 한 칸에 두 자씩 쓰며, 홀수 개로 이루어진 것은 앞에서부터 두 자씩 끊어서 작성한다.

② 숫자와 알파벳을 함께 쓸 경우에는 한 칸씩 따로 쓰는 것이 원칙이다.

③ 문장이 시작될 때 제목 밑줄에 성명을 쓸 경우 한 행을 건너 다음 행의 둘째 칸에서 시작되도록 한다. 이것은 새로운 문단의 시작을 의미한다.

④ 새로운 문단이 시작될 때에만 첫 칸을 비운다. (줄의 맨 끝이 비울 칸이 없을 경우엔 다음 줄 첫 칸을 비워서는 안 되며, 이런 경우 줄의 맨 끝에 띄어쓰기 표(∨)를 하고 다음 줄 첫 칸은 붙여 쓴다.)

⑤ 대화는 짧아도 한 줄에 같이 쓰지 않는다. 대화의 첫째 칸은 비우고 둘째 칸부터 따옴표(“ ”)로 행을 바꾸어 시작한다.

⑥ 소항목, 단락 표제를 표시할 때도 한 칸씩 비우고 쓴다.

⑦ 본문에 인용문을 사용할 경우, 줄을 따로 잡아 쓰는 경우에는 인용문 전체를 한 칸씩 들여 쓴다.

[4] 원고지 교정부호

(1) 교정부호의 의미

원고지를 작성한 후 검토 중에 수정했으면 좋겠다고 생각되는 곳이 발견된 경우, 원고를 출판사에 넘기기 전에 고치는 것을 교정이라 하며, 이때 사용하는 부호를 교정부호라고 한다.

(2) 교정부호의 사용법

① 표준화된 교정 부호만을 사용한다.

② 교정하려는 부분이 정확히 수정될 수 있도록 깨끗하게 표기한다.

③ 교정부호의 색은 원고의 색과 다르게 하여 눈에 잘 띄도록 표기한다.

④ 교정하려는 글자나 부호는 간단하고 명확하게 표기한다.

⑤ 교정하려는 글자를 정확하게 지적한다.

⑥ 여러 교정 부호를 쓸 때는 서로 겹치지 않도록 주의하며, 부득이 겹칠 경우에는 겹치는 각도를 크게 하여 교정부호를 알아볼 수 있도록 한다.

[5] 원고지 작성 시 유의사항

(1) 문장부호 사용법을 익혀 작성

① 문장 부호의 표기

앞칸에 붙여 쓰고 다음 한 칸을 비운다. 그러나 반점(,)과 온점(.) 다음에는 한 칸을 비우지 않는 것이 일반적이다.

② 문장 부호의 위치

느낌표(!)나 물음표(?) 등은 한 칸의 가운데에 쓰나, 따옴표(“ ”), 반점(,), 온점(.) 등은 칸의 구석에 치우치도록 쓴다. 줄임표(…)는 한 칸에 세 점씩 두 칸에 여섯 점을 쓴다.

③ 큰따옴표(“ ”)

대화, 인용 특별 어구 등을 나타낸다. 글 가운데서 직접 대화를 표시하거나 남의 말을 인용할 경우에 쓴다. 줄의 첫 칸을 비우고, 둘째 칸에 따옴표가 오게 한다.

④ 따온 말 가운데 다시 따온 말이 들어 있거나 마음속으로 한 말을 표현할 때 사용한다.

⑤ 첫 칸에 부호가 올 경우

부호가 찍혀야 할 자리에 줄이 끝나고 다음 줄로 넘어갈 경우, 그 부호를 다음 줄 첫 칸으로 넘기지 말고, 마지막 칸 속에 함께 표시해 준다. 이는 줄 첫머리가 ‘.’이나 ‘,’로 시작되는 것을 피하기 위해서이다. 온점, 반점, 물음표와 느낌표는 첫 칸에 쓰지 않는 것이 원칙이다.

(2) 올바른 교정부호를 사용하여 교정

원고를 쓸 때나 다 쓰고 난 뒤에 잘못된 곳이 있으면 바로잡아 원고 교정을 한다. 원고 교정에서는 글을 추가, 삭제, 정정은 물론 문단의 설정 등을 자유롭게 진행하고 변경시킬 수 있다.

그러나 이런 경우에도 약속된 일정한 규칙에 따라서 진행하지 않으면, 필자의 뜻대로 정확하게 바로잡아지지 않음을 유의해야 한다. 원고지 교정 부호는 깔끔한 원고 작성을 위해 가급적이면 사용을 자제하는 것이 바람직하다.

① 틀린 부분

'∨'표를 하여 지움을 나타내고 그 위쪽 줄 사이에 고칠 내용을 적는다. 반드시 위쪽에 일률적으로 써 넣어야 혼선을 피할 수 있다.

② 삭제하고 싶은 곳

틀린 곳이나 불필요한 부분에 한 줄(또는 두 줄)을 긋는다. 만일 지운 것을 되살리고 싶으면 그은 줄 두어 군데에 'X'표시를 하거나 '生'이라 표시한다.

③ 삽입의 경우

간단한 분량은'–'표시로 가능하지만 분량이 많으면, 별도의 원고용지를 사용한다. 이때는 삽입한 원고용지에 다른 원고와 분간할 수 있는 표시를 하고, 삽입할 위치에 이와 동일한 표시를 하여 구분한다.

삽입할 원고가 여러 장이면, 삽입할 위치에 '몇 장 삽입'이라고 명시하면 더욱 좋다.

Chapter 11

일기 잘 쓰는 법

(1) 일기의 뜻

일기는 생활을 전제로 한다. 사람인 이상 누구에게나 생활이 있으므로 누구나 일기 쓰는 일은 가능하다. 일기는 생활을 전제로 하는 가치 있는 생활을 실현하려는 의욕에서 출발한다.

일기는 하루를 단위로 한 매일매일의 생활기록이요, 그 기록을 통하여 자기 생활을 반성 비판하고, 가치 있는 생활을 실현하는 활동이다. 따라서 일기에는 다음과 같은 특징이 있다.

① 하루라는 단위

일기는 시간적으로 하루를 단위로 한다. 이것이 일기의 일일성 (一日性)이다. 하루를 단위로 하고 그날그날 쓴다는 점에 일기 고유의 특성이 있다.

② 하루의 생활

일기는 하루의 생활기록이다. 하루의 생활은 일기의 대상이요, 일기를 통하여 실현하고자 하는 목표이다.

③ 매일매일의 기록

일기는 매일매일 기록한다. 기록은 문장 활동이다. 도면으로 구획한 일정한 서식에 메워 넣은 '일지(日誌)', 곧 학습일지, 운전일지 따위는 일기가 아니다. 일기는 한 편의 문장이라는 성격을 지닌다. 일기는 문학 형식면에서는 수필에 속하지만, 서법(敍法)으로는 묘사(描寫), 서사(서事), 설명(說明)의 방법을 취한다. 논증(論證)은 드물다. 설명의 방법으로 서술하는 일이 제일 많으나 생활이라는 구체적 사실을 다루므로 묘사와 서사도 있다.

좋은 일기는 오히려 묘사나 서사에서 가능하다. 그런 일기는 생기가 있고 감동적인 것이다.

④ 반성과 비판 및 창조

흔히 일기는 수양의 자료가 된다고 한다. 물론 인격의 도덕적 향상도 가능하겠지만 생활 전체를 돌아보아 검토하고 생각하면 그 허실, 장단, 가치의 정도 등을 스스로 판단하게 된다.

여기에서 사물에 대한 관찰력과 인식력이 발달하고, 사유력과 판단력이 향상되며, 나아가서는 생활의 지표가 스스로 확립되고 가치관이 형성된다. 이리하여 일기는 있는 그대로의 생활기록에서 가치 있는 생활을 실현하는 활동으로 변한다. 그리고 이러한 일기가 축적되면 후에 자기 자신의 전 생애를 돌이켜볼 수 있는 자전 기록으로서 역사적, 문학적 문헌으로서의 값진 가치를 지니게도 된다.

(2) 일기의 형식

일기는 일일성의 특성이 있으므로 그 형식은 이 특성의 제약을 받는다. 일자, 날씨, 생활 내용이 기본 형식이다.

① 일자(日字)

일기는 하루를 단위로 하므로 첫머리에 연월일, 특히 일자를 밝힌다.

일자는 일일성과 동시에 매일매일의 연속성을 드러낸다.

② 기상

하루의 생활이란 고립된 현상이 아니라 사회와 자연에 연결되어 있다. 비, 눈, 구름, 맑음 등의 기상, 기온 자체가 객관적 자연현상이기는 하나, 우리의 생활에 큰 영향을 미친다.

③ 생활 내용

일기의 내용은 그날의 생활 전부다. 그러나 새벽에 일어나서 저녁에 잠들 때까지의 사항을 전부 열거한다는 것은 무의미하고 또 불가능하다. 가장 인상적인 일, 가장 감명적인 일, 가장 보람을 느꼈던 일, 가장 중요한 일 등을 선택하여 서술한다.

(3) 일기의 종류

일기는 서술 방법으로 묘사 일기(描寫日記), 서사 일기(敍事日記), 설명 일기(說明日記) 등으로 나눌 수 있다.

묘사 일기는 대상을 감각적, 구체적으로 묘사한 것이요, 서사 일기는 사건을 묘사한 것이요, 설명 일기는 대상을 설명한 것이다. 주장이나 의견을 제시한 일기는 논설 일기라 하겠다. 묘사, 서사, 설명은 확연히 구별되는 것보다 오히려 섞여 쓰이는 경우가 더 많다.

일기는 대상에 따라, 가정 일기, 요양 일기, 여행 일기, 독서 일기, 운동 일기, 육아 일기, 사무 일기, 영업 일기, 관찰 일기 등으로 나눌 수 있다. 일기의 대상이 분화되는 만큼 그에 따라 일기의 종류도 분화된다.

일기의 주체가 개인이냐, 사회, 단체, 기관 등이냐에 따라 개인 일기와 공공 일기로 나뉜다. 또 문예적이냐 실용적이냐에 따라 문예 일기와 실용 일기로 분류되기도 한다.

(4) 일기의 요령

일기의 형식을 말하는 데서 단편적으로 언급하였다.

첫째, 일기의 제재는 시간의 순서대로 배열한다. 하루의 생활은 시간적 경과를 가지므로, 그 생활을 기록하는 일기도 시간적 순서에 따른다. 그렇다고 해서, 아침, 낮, 저녁의 세 과정을 제시해야 한다는 뜻은 아니다. 하루의 생활을 성찰할 때 시간의 순서에 따르지만, 그 중에서 선택하게 된다.

둘째, 일기는 하루의 생활 중에서도 '선택된 생활'이다. 선택에 이르기까지는 열거, 검토, 비교, 사유, 반성, 판단의 작용을 거친다. 그리하여 가장 지배적인 생활, 가장 중심적이며 중요한 생활, 가장 감명 깊고 잊을 수 없는 생활이 선택된다. '선택'이야말로 일기의 가장 중요한 방법이다.

셋째, 일기는 창조적 기록이다. 창조적이라 하여 허구적인 것으로 오해해서는 안 된다. 문장의 기교를 중시, 수식을 해야 한다는 뜻도 아니다. 있는 그대로의 기록에서 가치를 발견하고, 부단히 자기 생활의 향상을 실현하는 활동이어야 한다는 뜻이다. 하루나 한달로써 끝나는 일이 아니라 계속적인 활동이어야 한다. 일기의 계속성은 기계적, 맹목적 반복이 아니라 발전하고 향상하는 과정이라야 한다.

(1) 「화성일기」를 필사하시오.

1795(정조19)년 왕이 자궁(慈宮: 왕세자가 왕위에 오르기 전에 죽었을 때, 왕세손이 즉위하였을 때 그 죽은 왕세자의 빈(嬪). 여기서는 혜경궁 홍씨(사도세자의 빈)의 회갑을 맞아 화성(수원)에 있는 아버지 사도세자의 능에 참배했을 때, 수행한 이의평이 그 행사의 광경을 적은 것이다.

정조대왕이 능으로 행차하실 때가 을묘년 이월 초구일이었다. 임금께서 자궁을 모시고 화성(수원)으로 가셨는데 이해는 자궁의 회갑이 있었다. 국가에 경사가 겹쳤다. 화성에 사도세자의 묘를 모신 후 자궁이 처음으로 대하시고자 궐 밖으로 거동하셨다. 일가로는 8촌 친척과 겨레로는 5촌 친척을 다 모으시고 잔치를 하셨다. 잔치를 할 때 우리도 흰옷을 입고 참례하였다.

새벽에 선혜청에서 많은 배를 띄워 놓고 그 위에 널판을 깔아서 임시로 만든 배다리를 건넜다. 배다리는 넓이가 사오 간이 되었다. 좌우로 난간은 하였는데 난간벽이 휘황하고 난간 밖으로 사방에 큰 깃발을 세웠는데, 마치 용과 뱀이 힘차게 꿈틀거리며 올라가는 것 같다. 배다리 앞에서 말을 내리니 한 군사가 나와 물으며 하인의 패를 자세히 본 후 허락하여 건너게 했다. 여럿이 건너가는데 전후좌우에 깃발, 병기가 찬란하고 푸른 물결이 틈틈이 보여 그 경치가 기이하였다.

조선 후기의 문인 이희평(李羲平)이 1795년 정조를 비롯한 왕실의 일행을 배행하여 화성(華城, 현재의 수원)에 다녀와서 쓴 국문 기행 일기이다.

시흥 읍내 주막에서 점심을 먹고 오후에 화성 북문으로 들어갔다.북문 이름은 장안문이었다. 밖에 작은 성을 쌓고 홍예를 곱돌로 틀고 그 안에 성문이 있는데, 이층 문루가 반공에 솟아 있었다. 문루의 크기는 서울 남대문과 같으나 더 넓고 홍예는 더 높았다. 문을 들어가니 임금께서 지나가시는 길 좌우로 여염집이 있었는데 서울 재상의 집이 많았다. 붉은 대문의 치장이 조용하니 서울과 다름이 없었다. 종루의 십자가 시정(市井)이 문을 열고 앉은 것, 선 것이서울 종루와 같았다.

백씨 이의갑이 금위낭청을 맡고 계셨다. 금의영의 의막 사령을 데리고 남문 앞 장교의 집에 의막을 잡아 앉았다. 안집이 두 칸 방에 청사도 넓어 견딜만하였다. 주인 노파가 나왔는데 나이가 팔십칠 세였다. 수염이 두어 치씩 났는데 백발이 되었으니 이 또한 보기 드문 일이다. 양식과 행찬을 넉넉히 가져와 주인에게 밥을시켜 먹고 갔다.

1795(정조19)년 2월 10일

큰 비가 내렸다.조반을 먹은 후, 임금님의 수레가 사근참에 주점하시고 일찍 오신다고 전교가 있었다. 비를 무릅쓰고 북문 밖에 나가 임금님의 행차를 맞이하는데 비가 시종 그치지 않았다. 길 좌우에 화성 마병이 모두 우의를 입고 말을 타고 두 줄로 돌아서 있었다.

임금께서 먼저 오시는데 황금 갑옷을 입으시고 화성 유수 조심태의 입군(入軍) 군풍을 받으셨다. 위엄이 있고 군사의 대열이 분명하여 장관이었다. 다만 비가 와서 모두 우의를 입은 것이 애달펐다. 엎드려 영접한 후 궁궐 여의사, 기생 등이 쌍쌍이 비를 막기 위한 모자를 쓰고 앞에 섰다. 그 뒤에 나인, 상궁 등이 쌍쌍이 서고 자궁이 오셨다. 가마의 사면 주렴을 내리고, 위에 기름 먹인 종이로 또 비를 막았다. 또 엎드려 맞이한 후 뒤를 따라 임시로 거처하는 곳에 돌아왔다.

1795(정조19)년 2월 11일

비가 개고 일기는 흐렸다. 임금께서 공자의 신위에 참배하시고 낙남헌에 앉으셔서 알성과를 실시하셨다. 화성, 광주, 과천, 시흥읍 선비만 과거에 응시하게 하셨다. 그날로 급제자를 결정하였다. 우리는 자격이 없어서 과거도 못 보고 구경만 하니 애달펐다.

거기에서 종루에 나가 거닐어 보니 시정 여항의 번화함이 비할 데가 없었다. 길 위에 큰 개천을 쳐 깨끗이 하였는데 광통교와 다름이 없었다.

이전에 이 땅이 세류원 숫막인데 옛날 수원에 묘를 모신 후에 이리로 읍내를 옮겼다. 땅에 습기가 없고 메말라 깨끗하고 산천이 아름다워 옛날에 관청이 있던 곳 같았다. 성 위에 터를 잡아 놓고 남북문 문루와 앞 성을 쌓고 그 나머지는 아직 완공되지 못했다.

임금이 묵을 궁을 지었는데 팔달산이 주봉이었다. 밖의 삼문 문르를 신풍루라 한 것은 중국의 고제 때의 신풍래궁의 뜻으로 한 일이리라

북문을 향해 가보니 북성 옆에 수문을 내었는데 수문이 일곱 칸이었다. 서울 다섯 칸 수문보다 두 칸이 많았다. 문 위에 작은 누를 지었는데 현판에 화홍문(華虹門)이라고 쓰여 있었다. 누를 따라 용두각으로 올라갔다. 용두각 앞에 활을 쏘는 정자가 있었다. 임금께서 노시는 곳이어서 북경집 모양 같은 문고리가 휘황찬란하였다. 의막으로 돌아와 잤다.

1795(정조19)년 2월 12일

맑았다. 임금께서 자궁을 모시고 남문에서 묘로 오르셨다. 남문 이름은 팔달문이요, 묘까지는 이십 리나 되었다. 조반 후 구경하러 나가 오래 두루

구경한 후 환궁하였다. 임금께서 군복을 입으셨다. 군복에 금으로 용을 그렸는데 금빛이 햇빛에 찬란하였다. 자궁 가마 바로 뒤에 서서 오셨다. 행궁에 드셔서 문안을 마친 후 임금께서 갑옷을 입고 장대에 오르셨다. 장대는 팔달산 제일봉에 지었는데 이층 누각이 넓고 공중에 높이 솟아 있었다. 아래에서 바라보니 백운이 허리를 둘렀는데 진실로 신선의 누대였다.

아침에 먼저 올라가서 잠깐 보니 모양은 서장대와 같고 광활하기는 그보다 나았다. 옆에 단을 쌓고 단 위에 치장을 하였다. 파수병이 문을 지키고 있어서 올리기 보지 못하고 그냥 내려왔다.

임금께서 갑옷을 입고 장대에 앉으신 후 영상 이하 문무백관, 여러 장수의 군례를 받으시고 수라를 드셨다. 이윽고 서산으로 해가 지고 어두운 빛이 일어났다. 선전관의 등을 켠 후, 각 영문이 일시에 등을 켜고 나팔을 불고 징을 치니 성터 위로 군병이 일시에 줄지어 늘어서고 순찰하였다.

대 위에서 축포를 쏘고 태평소를 불고 청룡기에 청룡등을 내세웠다. 동문에서 응포하는 소리에 일시에 함성을 질렀다. 또 포를 쏘고 태평을 불고 주작기와 주작등을 내어 두르니 남문에서 응포하고 일시에 함성을 질렀다. 태평소 불고 백호기와 백호등을 내어 두르니 서문에서 응포한 소리에 일시에 함성을 질렀다. 또 포를 쏘고 태평소 불고 현무기와 현무등을 내어 두르니 북문에서 응포하는 소리에 모두 함성을 질렀다.

대 위에서 불놀이 신호를 올리니 네 문과 사면 성터 위로 일시에 삼두화(三頭火)로 불을 켰다. 전후좌우로 불꽃이 충천하고 찬란하였다. 그때 월색이 희미하고 불빛이 더 밝다 하였다. 사방에 불꽃놀이 구경하는 사람이 길에 가득하였다. 태어난 후 처음보는 구경이라고 하였다. 불빛을 멀리 있는 사람도 다 구경하니 그런 장관이 어찌 또 있으리오. 삼경 후 마치고 행궁으로 돌아오시었다.

1795(정조19)년 2월 13일

맑다. 이날 하늘이 화창하고 청명하여 길일이다. 새벽 밥을 먹은 후 예조 감서원이 모두 문밖에 모이라고 전하였다. 신풍문 앞에 모여 차례로 들어가 늘어서니 임금님께서 자비문으로 걸어오셨다. 여러 기생이 누른 비단 관대에 화관을 쓰고 각각 의장을 들었다. 외빈 중 유생은 서반(서班)으로 갔는데 광은부위 김기성이 우두머리로 자리를 정하여 엎드리고 끓어 앉았다. 늘을 들어보니 장락장 앞뜰에 임시 자리를 한 길 남짓이 쌓고 그 위에 차일을 치고 사면에 휘장을 둘렀다. 방문을 열고 검은 발을 드리웠는데 자궁이 마루에 앉아 계셨다.

마루 앞에 큰 술독을 놓고 등걸에 홍도화와 삼색 도화로 조화를 꾸며 꽂고 차일대에는 꽃을 묶었다. 기생 오십 인이 모두 누른 비단 관대에 수놓은 저고리요, 남치마 앞에 진홍 휘전을 둘렀다. 관대 앞에 강구연월과 태평만세는 수놓고 진홍 대대에는 수복을 수놓은 것이었다. 화관은 오색 채화로 얽어 만든 것이었다.

주악을 연주하고 다섯 패가 관대에 사모를 썼는데 사모 위에다 한 떨기 채화를 꽂았다. 아이 악공은 채의를 입고 꽃을 관처럼 하여 썼다. 아이 기생은 붉은 비단 관대에 진홍치마였다.

의장을 모두 기생이 들었는데 여관원이 인의를 인도하여 둘이 마주 서서 함께 노래를 불렀다. 국궁, 배, 흥, 평신 소리가 반공에 나는 듯하였다. 그 소리에 따라 사배한 후 고두와 산호를 부르는데 소리가 청아하고 기이하였다. 임금님이 금화를 꽂으시고 꽃을 하나씩 나눠 주셨다. 각각 절하고 받아 갓 위에 꽂았다. 미리 꽃을 채비를 해 온 이는 바로 꽂고 그렇지 아니한 이는 갓 위에 뚫고 꽂았다. 우리는 품에 꽂고 그외 군병, 화성 교리, 백관, 외빈, 종, 마부까지 다 꽂으니 금벽이 찬란하여 눈이 황홀하였다.

전악이 박을 치고 선악이 요량하여 이목(耳目)이 현황하였다. 위를 쳐다보니 오색 구름 깊은 곳에 옥으로 만든 패물이 높고 높아 감히 볼 수 없었다.이윽고 부상억 아침 해가 오르고 용의 비늘 모양으로 만든 임금의 갑옷에 햇빛이 비치었다.

상(床)을 올리는데 모든 그릇마다 꽃을 꽂았고 음식은 팔진겸찬 이었다.상을 다 받고 나니 두 쌍 기생이 오색 한삼을 드리우고 아이를 나직이 하였다. 용안에 화색이 띠고 옥수(玉手)에 유리잔을 들고 술잔을 돌리니 일어나 절하고 받았다. 술을 못 먹으나 사양할 길이 없어 두 손으로 받들고 입에 대니 맑은 향이 가득하였다.

대풍류를 시작하는데 외방(外邦) 풍류와 다름이 없었다. 연화대 학춤에 학이 연꽃을 쪼으니 점점 떨어지고 그 꽃 속에서 아이가 나오는데 연잎을 쓰고 안개옷을 입고 나와 생황을 불었다. 이 춤이 본디 있으나 생황 부는 것은 처음이었다.

아침밥 때 나왔다가 다시 들어가서 꽃밭 속으로 다녔다. 아무리 춘풍화류를 한들 이런 아름다운 꽃 자욱한 것이 이밖에 또 있으리오. 종일 듣고 보는 것이 비할 데 없는 신기한 것이었다.

매양 기생이 쌍쌍이 춤을 추는데 안에서 백설같은 명주를 내어 어깨에 걸었다. 저희들도 재주를 드러내며 자랑했다.

술잔을 차례로 일곱 벌 돌고 나자 임금님이 어제(御題) 칠률을 내리시어 차운(次韻)하라 하셨다. 이어 술잔이 돌아오자 전교하시기를,

"오늘은 취하도록 먹어 시전(詩傳)에 불취부귀(不醉不歸)하란 뜻과 같이 하여라."

하시다 잔을 받아 입에 댄들 어찌 다 먹으리오.

이윽고 임금님께서 잠깐 쉬시기 위하여 임시 막사에 나오셨다. 홍포를 벗

으시고 군복으로 들어오시었다. 여자 관원이 공각선, 홍양산 일원봉황선을 들고 앞에 인도하고 여인이 치사(致詞)를 하니 그 소리 부드럽고 품위가 있어 듣기 좋았다.

종일토록 보고 먹은 후에 저녁에 또 열구자탕 한 그릇씩 돌려 먹고 나니 해가 서산억 지고 황혼이 되었다. 또 물러나와 밥을 먹으려 한들 어찌 배가 불러 더 먹으리오. 하인들에게 나눠 준 후 임금님의 명을 받고 들어갔다. 사면에 홍사초롱을 걸고 집 서까래 끝과 차일 대마다 촉통을 걸고 사람 앞마다 팔량촉에 유촉대를 놓았다. 그 빛의 영롱함이 대낮보다 휘황찬란하기가 더하여 내 몸이 요지연에 참례한 듯, 구천((九天) 영소전에 오른 듯 황홀하였다.

밤에 또 풍악하고 술잔을 돌리며 고기회를 먹었다. 한 골에 둘셋씩 앉고 한 접시씩 먹는데 맛이 기기하였다. 기름종이를 돌려 음식을 다 싸고 마친 후 나올 적에 또 많은 상을 하사하시었다. 받아 나오니 물시계가 사경을 가리키고 먼 촌의 닭소리가 악악히 들리었다. 의막소에 와서 잤다.

1795(정조19)년 2월 14일

맑다. 낙남헌 앞에 임금께서 앉으셔서 백성에게 쌀을 주시고 노인을 위한 잔치를 연다고 했다. 밖에서 보니 새를 그린 지팡이에 누른 비단수건을 매고 백수주 한 필씩 주시니 환성이 흐르는 물 같았다.

성에 가득히 굿보는 인민과 백관, 군병 이하 뉘 아니 효성을 찬양하리오. 용두각에 오르시어 활을 쏘신 후 환궁하셔서 저녁에 매화를 하시었다.

저녁에 불놀이를 하는데 불꽃이 일시에 하늘에 올라가는데 그 수가 몇 천인지 하늘에서 별이 떨어지는 것 같았다. 또 사면에 줄불이 왕래하며 이 불이 저기 가서 불을 지르니 거기서 불이 일어나고, 저기 불이 여기와서 불을 지르니 또 불이 일어났다. '불 지르소' 소리에 산악이 무너지는 듯 진동하니 그런 장관이 또다시 어디 있으리오. 군마들이 다 놀라 뛰어나갔다.

1795(정조19)년 2월 15일

맑다. 이날 경성으로 환궁하셨다. 뛰어오면서 보니 북문 오 리에 유수가 진을 치고 배웅하였다. 날이 청명하여 글복이 선명하니 들어오실 때보다 더 나은 듯하였다. 용주사 총섭이 승군을 거느리고 배웅하는데 아이와 병방 기수들이 벼영 기수와 다름이 없었다.

시흥까지 따라와서 남게묘 아래로 갔다. 내일은 청명한식이다. 아무튼 빨리 가서 삼십 리 밖 숫막에 멈추려 했는데 황혼을 헤아리지 아니하고 가다가 미처 도착하기도 전에 서쪽 산봉우리에 해가 숨고 동산에 달이 나왔다.

사람도 없는 산길을 갔다. 한 굽이를 도는데 말이 코를 불고 뛰어 내달았다. 괴이하게 여겨 돌아보니 큰 범이 옆에 엎드려 울었다. 어두워 대소는 분간치 못하나 그 소리에 인마가 다 놀랐다. 뒤에 오던 하인이 땀을 흘리며 앞에 와서 말을 몰려고 하기에 마부를 불러,

"말을 천천히 몰아 짐승에게 겁내는 것을 보이지 말아라."

하고 겉으로는 겁이 없는 체하지만 속이야 어찌 편하리오. 그럭저럭 십 리를 오니 그 소리와 불이 아니 보이고 먼 마을에서 개 짖는 소리가 들려오니 반갑기 그지없었다. 말을 몰아 추현 주막에 드니 다 놀라며 물었다.

"어디서 오시는 행차신가. 이 어두운데 그 험한 영을 넘어 무사히 오시니, 석양 후면 호환(虎患)으로 행인이 통행하지 못하는데 평안히 오시니 거룩한 행차시다."

하니 우스웠다.

대체 그런 줄을 모르고 진퇴유곡이라 앞뒤로 갈 길이 없어 그리왔으나 두 번은 못 올 길이니 후인은 경계할 지어다. 방에 들어와 자니 어제의 풍류가

화려하던 일이 귀에 쟁연히 들리고 눈에 찬연히 보였다. 어제는 그리 좋더니 오늘은 이런 고초를 겪으며 위험한 데를 지나니 인간 세상의 일이 매양 이러하다.

1795(정조19)년 2월 16일

맑다. 새벽에 떠나 우현고개를 넘어 관교를 지나 남계로 가니 다 못 올 줄로 알고 있었다. 밥을 재촉하니 먹고 산 위에 가 차례를 지냈다. 남전 북리의 친척을 찾아다 보고 삼종 숙집 영춘각에서 잤다. 정든 예전 옛집을 보니 다 허물어지고 이전에 손수 심었던 나무가 아름드리 나무가 되어 있었다. 인생이 그립고 옛 일이 떠올라 마음이 심란했다.

1795(정조19)년 2월 17일

조반 후에 떠나 새원에 와서 점심을 먹었다. 서빙고 강을 건너 오후에 도착했다. 이것이 대략이다.차마 내키지 않는 것은 사람들에게 보채이어 일필로 휘갈겨 쓰니 말이 되는지 마는지 모르겠다. 짐작하여 보고 흉보지 말기를 바란다.

(1) 「화성일기」를 필사하시오.

(2) 『난중일기』를 읽고 1000자 이내로 독서 감상문을 원고지에 쓰시오.

■ 이순신

이순신(한국 한자: 李舜臣, 1545년 4월 28일 (음력 3월 8일) ~ 1598년 12월 16일 (음력 11월 19일))은 조선 중기의 무신이었다. 본관은 덕수(德水), 자는 여해(汝諧), 시호는 충무(忠武)였으며, 한성 출신이었다. 문반 가문 출신으로 1576년(선조 9년) 무과(武科)에 급제[2]하여 그 관직이 동구비보 권관, 훈련원 봉사, 발포진 수군만호, 조산보 만호, 전라남도 수사를 거쳐 정헌대부 삼도수군통제사에 이르렀다.

함경도 동구비보권관(董仇非堡權管), 1581년 발포 수군만호(鉢浦水軍萬戶)가 되었다가 전라남수영의 오동나무를 베기를 거절하여 좌수사 성박의 미움을 받기도 했다. 이후 1584년 남병사의 군관과 건원보권관, 훈련원참군, 1586년 사복시주부를 거쳐 조산보만호 겸 녹도둔전사의(造山堡萬戶兼鹿島屯田事宜)로 부임했다. 조산만호 겸 녹둔도사의 재직 중 1587년(선조 20년) 9월의 여진족의 사전 기습공격으로 벌어진 녹둔도전투에서 이겼지만 피해가 커서, 북병사 이일의 탄핵을 받고 백의종군(白衣從軍)하는 위치에 서기도 했다. 그 뒤 두번째 여진족과의 교전에서 승전, 복직하였다.

(3) 『백범일지』를 읽고 1000자 이내로 독서 감상문을 원고지에 쓰시오.

■ **김구**

(金九, 1876년 8월 29일 (음력 7월 11일) ~ 1949년 6월 26일)는 일제 강점기 독립 운동가이자 대한민국의 통일운동가, 정치인이다.

대일 의열단체 한인애국단을 이끌었고,대한민국 임시정부 주석을 역임하였으며, 1962년 '건국훈장 대한민국장'이 추서되었다. 양반가의 후손으로 태어나 과거에 응시했으나 낙방, 이후 동학농민혁명에 참가했고, 한때 불교 승려로 활동했다. 자(字)는 연하(蓮下), 처음 이름은 창암(昌巖)이고, 호(號)는 백범(白凡), 연상(蓮上)이다. 호는 미천한 백성을 상징하는 백정의 '백(白)' 과 보통 사람이라는 범부의 '범(凡)' 자를 따서 지었다.19세 때 이름을 창수(昌洙)로 바꾸었다가, 36세(1912년)에 거북 '구'(龜)였던 이름을 아홉 '구'(九)로 바꾸었다. 그 밖에 환속 이후의 이름인 두래(斗來), 피난 시기에 사용한 가명인 장진(張震), 장진구(張震球)도 있었다. 젊어서 동학교도였고, 불교에 귀의해서 법명 원종(圓宗)을 얻은 승려였으며, 28세 때 부친 탈상 후 기독교에 입문하였다.양산학교, 보강학교 등에서 교육자로 교편을 잡기도 했고, 해서교육총회 학무총감으로도 활동했다. 교육 · 계몽 운동 중 일본 제국 경찰에 연행되어

수감되기도 하였다.

김방경의 25대손으로 본관은 구 안동이며, 황해도 해주 출신이다. 1919년 이후 상해에서 대한민국 임시정부에 참여하여, 의정원 의원, 경무국장, 내무총장, 국무총리 대리, 내무총장 겸 노동국 총판 등을 지냈다. 외교 중심의 독립 운동 성과를 얻지 못하자 1921년 임시 정부 내 노선 갈등 이후 일부 독립 운동가가 임시 정부를 이탈하고, 만주사변 이후에 일본의 중국 침략이 본격화되면서 중국 관내 여러 지역으로 임시 정부를 옮겨다녔으며, 1924년에는 만주 대한통의부 박희광 등을 통한 친일파 암살 및 주요공관 파괴, 군자금 모집 등을 비밀리에 지휘하였고, 1931년에 독립 운동 단체인 한인애국단을 조직하여 이봉창의 동경 의거, 윤봉길의 홍커우 공원 사건 등을 지휘하였다. 1926년 12월부터 1927년까지 1930년부터 1933년까지 임시정부 국무령을, 이후 국무위원, 내무장, 재무장 등을 거쳐 1940년 3월부터 1947년 3월 3일까지 임시정부 국무위원회 주석을 지냈다. 1945년 광복 이후에는 임시정부 법통 운동과, 이승만, 김성수 등과 함께 신탁 통치 반대 운동과 미소 공동위원회 반대 운동을 추진하였으며, 1948년 1월부터 남북 협상에 참여했다.

Chapter
12 보고문(Report) 잘 쓰는 법

보고문는 일정한 주제에 관하여 조사, 연구, 실험, 관찰의 결과를 보고하는 문장 또는 문서를 가리킨다. 논문으로서의 보고문은 강렬한 문제점 또는 문제의식을 가지고, 묘사보다는 즉물적 기술방법으로 대상의 본질에 육박하는 분석력과 통찰력에 의하여 표현되어야한다.

1. 보고문의 종류와 작성 요령

(1) 보고문의 종류

보고문은 관점에 따라 여러 가지로 분류된다.자료의 종류 또는 수집 방법에 따라 문헌에 의한 것,면접 또는 설문에 의한 것, 현지 조사에 의한 것,실험 및 관찰에 의한 것 등으로 분류된다.

대상을 서술하는 방법의 차이에서도 분류된다. 어떤 대상을 사실 그대로의 보고, 사실에 의거한 사색의 보고, 그 중간형 등이 있다. 사실 그대로의 보고는 요약형(사실의 요약), 설명형(사실에 대한 설명) 등이 있고, 사색의 보고는 사색의 근거, 과정, 결과(결론, 의견, 주장) 등을 정리하여 논리적(설득력)으로 서술한 평론형, 논문형이 있다.

또 보고문을 요구하는 개인이나 단체, 또는 보고문의 목적, 용도 등으로 분류된다.학교에서 교육의 방법으로 부과되는 학습(연구) 보고서, 현상(懸賞)으로 모집하는 현상 논문, 회사에서 새 기업과 사업 확장을 위한 기초 조사, 초청이나 장학생으로 갔다 온 외국 여행(시찰, 유학,학술 발표 및 연구)의 보고, 연구비의 전액 또는 일부 보조를 받은 연구 보고서, 회사나 단체의 특수 업무를 띤 출장의 출장 보고 등이 있다.

(2) 보고문 작성의 요령

보고문 작성에도 문장의 과정이 그대로 적용된다. 여기서는 다른 문장과 달리, 보고문만이 가지는 특성이나 강조되어야 할 사항들이다.

① 보고문의 3요소

첫째, 보고 대상인 사물이 있어야 한다. 독서 보고인 경우에는 도서, 공장 부지 조사인 경우엔 토지, 신원 조사인 경우엔 사람, 실험이나 관찰 보고인 경우에는 사물 등이다.

둘째, 보고의 주체인 '인간적 관심'(人間的 關心, human interest)이 있어야 한다. 사물을 어떻게 보고, 어떻게 조사하며, 어떻게 인식하는가 하는 관심의 표명이다. 인간적 관심의 표명은 동시에 독자의 관심을 끌 수 있다.

셋째, 보고 주체의 또 다른 '인간적 관심'이 있어야 한다. 보고를 받는 사람에게 어떠한 태도로 제출하는가에 관계된다.

② 보고의 목적 파악

보고문 작성의 용도, 기능 등이 파악되어야 한다. 모든 종류의 보고문은 그 목적에 적합하도록 작성되어야 하기 때문이다. 학생의 보고문은 어떤 문제, 어떤 지식의 적극적인 소화, 조사 및 연구 방법의 체득, 문장력 및 창조적 사고력의 훈련 등을 목적으로 그 능력을 평가하는 데 소용(所用)된다. 회사에서 요구하는 건축 부지, 시장 등의 조사는 신기업과 사업 확장이 목적이다. 이와 같이 보고문은 각각 그 이유, 용도, 기능 등이 있으므로 그 필요성을 잘 파악하여, 그것을 충족시킬 수 있도록 작성한다.

③ 보고문의 독자 파악

보고문을 읽을 사람이 누구인가를 파악한다. 독자의 전문 지식, 능력의 정도, 성격과 취미 등은 내용의 정도, 내용의 방향에 영향을 미치기 때문이다. 학생의 보고문은 전문 지식을 가진 교수가 독자이다. 신기업과 사업 확장을 위한 기초 조사는 사장이나 중역이 독자일 것이다.

④ 보고문의 6하원칙

신문 기사문과 같이 보고문은 무엇(what), 언제(when), 어디(where), 누구(who), 왜(why), 어떻게(how)의 '6하원칙'이 지켜져야 한다. 일단 사실에 충실해야 한다는 점에서, 보고문은 이와 같이 신문 기사문과도 공통점이 있다.

Chapter 13

기행문 잘 쓰는 법

(1) 기행문의 특성

기행문은 여행하는 동안에 체험한 것을 기록한 수필의 한 가지다. 여행은 출발, 노정(路程), 목적지, 그리고 귀로(歸路)가 있다. 출발에서 귀로에 이르기까지의 전 노정을 통하여 보고 듣고 느낀 것은 새로운 체험이다. 여행은 출발, 노정, 목적지, 귀로의 네 단계를 내포한다. 이것은 여행의 시간적, 공간적 과정이다. 그러므로 기행문은 이 과정, 곧 시간과 공간을 바탕으로 한다.

(2) 기행문 작성의 요령

① **기행문의 형식 :** 기행문은 일기 형식, 서간 형식, 보고 형식, 수필 형식으로 쓸 수 있다.

② **재료의 자연적 배열 :** 기행문의 재료는 논리적 배열이 아니라 자연적 순서로 배열된다. 곧 시간적으로 배열되거나 공간적으로 배열된다. 시간과 공간은 분리할 수 없는 하나의 존재이지만 시간에 중점을 두면 일시(日時)의 경과에 따라 배열되고, 공간에 중점을 두면 장소 이동에 따라 배열된다.

(3) 여수(旅愁)와 지방색

기행문은 여행의 기록이므로 여행지에서 보내는 나그네로서의 감정, 그 고장, 그 지역의 특유한 풍속, 인정, 방언, 생활 등이 드러나야 한다. 기행문은 미지의 세계의 한 정보이다. 그것이 기행 문장의 특색을 이룬다.

(1) 유길준의 「서유견문」을 정독하시오.

(2) 박지원의 「열하일기」을 정독하시오.

(3) 마르코폴로의 「동방견문록」을 정독하시오.

(4) 혜초의 「왕오천축국전」을 정독하시오.

(5) 하멜의 「표류기」를 정독하시오.

(6) 최남선의 「백두산 근참기」를 정독하시오.

6단논법

토론 6단논법이란 무엇일까요?

6단 논법이란?

영국의 언어 학자 톨민(Toulmin) 박사가 정립한 이론.
미국을 비롯한 유럽 등 선진국에서는 토론 수업 및 각종 프로그램에 6단 논법을 널리 이용하고 있다. (「생각의 충돌」 김병원 저 / 2000년 / 자유지성사)

토의는 주제에 대해 각자의 의견을 제시하고, 검토하는 활동으로써 주어진 문제에 해답을 찾아내는 데 의미가 있습니다.

토론은 어떤 주제를 둘러싸고 여러 사람이 각자의 의견을 말하며, 상대방을 설득시키는 데 중점을 둡니다.

토론에서의 **언어 표현 방법**

❶ 지적인 언어 표현이어야 합니다.
❷ 논리적인 표현이어야 합니다.
❸ 사실에 근거한 논박을 해야 합니다.
❹ 정확한 용어를 사용합니다.
❺ 바르고 순화된 언어를 사용합니다.
❻ 올바른 토론 문화 습관을 기릅니다.

6단 논법은 어떻게 하는 것일까요?

① 안　건 상황이나 현실의 어떤 변화를 시도하는 내용이어야 합니다.

예) 미신을 믿고 따른 행위가 일반화된 현실이라면, '그것은 옳지 않다.' 고 보는 견해를 안건으로 정해서, '미신 행위를 인정할 수 없다.' 는 안건을 제시하는 찬성 쪽의 토론에 대해 반대 쪽은 '미신 행위가 일반화되어 있기 때문에 인정해야 한다.' 는 현재의 현상을 그대로 지지하는 토론을 할 수 있습니다.

② 결　론 안건에 대한 찬성, 또는 반대의 입장을 정합니다.

③ 이 유 토론의 본질이라 할 수 있으며 6단 논법의 핵심입니다. 이유의 선택은 결론에서부터 '왜?' 라는 물음을 여러 번 물어 그 응답들 중에 하나를 선택하여 결정합니다.

예) '미신 행위를 인정할 수 없다.' 는 안건에 찬성했을 경우

① 왜 인정할 수 없는가? – 미신은 잘못이기 때문이다.

② 왜 미신은 잘못인가? – 미신은 사실이 아닌 것을 믿는 것이기 때문이다.

③ 왜 사실이 아닌 것을 믿으면 잘못인가? – 세상은 사실로만 되어 있기 때문이다.

④ 설 명 이유와 마찬가지로 토론의 중요한 본질이며 6단 논법의 핵심입니다.

예) 미신은 사실이 아니다. 사실이 아닌 것을 믿는 것은 잘못이다. 왜냐하면, 믿는다는 것은 사실임을 전제로 하기 때문이다. 어떤 사실을 믿는 행위는 미신에 속하지 않는다. 만약 사실이 아닌데도 믿는다면 그것은 믿음이 아니라 공상이고 망상이다. 따라서 사실이 아닌 것을 믿는 미신은 공상이나 망상의 일종이므로 공상이나 망상을 실제 생활에 연결시키는 미신은 잘못이다.

⑤ 반론 꺾기 반대 쪽은 찬성 쪽 안건의 찬성 결론 이유에 대해서 집중 토론하여야 합니다. 미리 반론을 예상하고 '반론 꺾기' 를 할 수 있습니다. 또 일단 찬성 토론이 있은 후, 반대 쪽에서 찬성 쪽의 이유와 설명이 잘못되었음을 지적하고 반론 꺾기를 할 수 있습니다. 그리고 반대 토론이 있은 다음에, 찬성 쪽이 반대의 이유를 다시 집중 토론합니다.

⑥ 정 리 어떤 안건에 대한 토론의 결론으로 찬성과 반대, 어느 쪽을 택하든 대개의 경우 예외라는 것이 있습니다. 예외가 없는 것은 토론의 대상이 될 수 없기 때문입니다. 그 예외 부분을 정리함으로써 자신의 주장을 완성시킵니다.

예) 세상은 사실로만 되어 있기 때문에 사실이 아닌 것을 믿는 미신을 잘못이라고 토론을 전개했을 경우 – 그것은 사람의 마음일 것이다.

(제 7차 교육과정 운영을 위한 토의 · 토론 학습, 장학자료 2000-18 경상북도 교육청)

■ Toulmin박사의 룰(Rule)이 있는「토론 6단논법」에 대해서

영국의 언어 학자 스티븐 톨민(Stephen Toulmin)은1958년 캠브리지 대학 박사학위논문「논술의 활용」에서 실용논리 모형에는 모두 여섯 가지의 요소가 들어 있다고 발표하였다.

당시 영국 학계에서는 전통논리에 반발하였다고 지탄의 대상이 되었는데, 30년이 지난 1990년 톨민은《미국토론학회》가 토론분야의 탁월한 학자와 공로자에게 수여하는 큰 상을 받게 되었다.

그후 "토론과 논술 교과서"에 톨민 모델이 등장하게 되었고,《국제토론챔피언대회》에서「토론 6단논법」이 채택되면서 공인화되었다.

현재,《세계 대학생 토론대회》, 선진국에서 시행하고 있는 대통령선거 토론도「토론 6단논법」이 원용되고 있다.

우리나라에는 포항공대 인문사회학부 김병원교수가 2000년에 소개하였다.

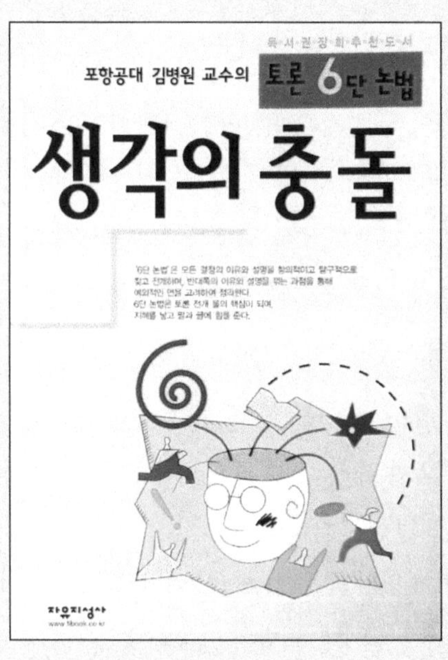

『생각의 충돌』 2000년 자유지성사 발행

Chapter 14

자기 주도 독서 · 토론 · 논술 커리큘럼

<자기 주도 독서·토론·논술 커리큘럼>에서는 앞에서 읽고 독서 감상문을 썼던 68페이지 『어린왕자』와 106페이지 『안네의 일기』를 톨민(Toulmin)박사의 룰(Rule)이 있는 「토론 6단논법」을 원용하여 진행합니다.

선생님 말씀

어린 왕자는 프랑스 작가 생 떽쥐베리의 소설입니다. 소혹성 B613호에 살고 있던 어린 왕자와 비행기 사고를 일으켜 사막에 떨어진 주인공인 내가 며칠 동안 함께 지내면서 많은 이야기를 나누고, 경험을 하게 됩니다.

어린 왕자는 여러 별을 여행하면서 많은 사람들을 만나게 됩니다. 사치스러운 왕도 만나고, 술 마시는 것이 부끄러워 쉬지 않고 술을 마시는 사람도 만나고, 수많은 별을 재산이라고 생각하는 사람도 만나고, 바쁘게 가로등을 껐다 켰다를 반복하는 사람도 만납니다.

또 여우와 독이 아주 많은 뱀도 만나지요. 어린 왕자는 자신의 별에 두고 온 장미꽃을 몹시 그리워합니다. 그리고 그 장미꽃이 있는 자기의 별로 돌아갑니다.

어린 왕자는 마음으로 보지 않으면 무엇이든 정확하게 볼 수 없고, 가장 중요한 것은 눈에 보이는 것이 아니라는 것을 우리에게 알려주고 있습니다.

사회자 지금부터 '어린 왕자' 중에서 중요한 안건을 정한 뒤에 서로 의견을 나누도록 하겠습니다.

안건 주인공은 보아 구렁이 뱃속의 코끼리를 알아맞추지 못한 어른들에게 실망할 수밖에 없었다.

반대 주인공은 보아 구렁이 뱃속의 코끼리를 알아맞추지 못한 어른들에게 실망할 필요가 없었다.

현 지 주인공은 당연히 실망할 수밖에 없었습니다. 저번에 머리가 너무 아파서 책상에 엎드려 있었는데 선생님은 제가 낮잠을 자는 줄 알고 몹시 화를 냈습니다. 어른들은 항상 자신의 생각만 옳다고 여깁니다. 또 자기들도 어린 시절이 있었다는 것을 전혀 생각하지 않는 것 같습니다.

봉 우 주인공은 한 사람에게만 그림을 보여준 것이 아닙니다. 비행사가 된 후에 여러 사람에게 그 그림을 보여주었지만 아무도 그 그림을 알아맞추지 못했습니다. 만약에 어른들이 그런 그림을 그려 놓고 우리들이 알아맞추지 못했다면 그것도 모르냐면서 화를 냈을 것입니다.

정 빈 우리들이 어른들의 세상을 모두 이해 못하는 것처럼, 어른들도 우리의 세계나 생각을 다 이해 못하는 것은 당연한 일입니다. 주인공이 조금만 설명을 했더라면 어른들도 금방 그 그림을 알아맞추었을 것입니다.

영 애 저도 그렇게 생각합니다. 어른들에게 우리를 이해해 달라고 요구만 하는 것은 옳지 않습니다. 우리도 어른을 이해하려는 노력이 필요합니다. 어른들은 규격화된 생활에 익숙해졌기 때문에 상상력이 많이 떨어질 수밖에 없습니다.

정 빈 어른들도 우리처럼 어렸을 때는 뛰어난 상상력을 갖고 있었습니다. 하지만 살아가면서 그 상상력은 많이 사라질 수밖에 없었습니다. 우리도 먼 훗날 어른이 되면 우리 자식들에게 상상력이 없다는 말을 듣게 될 것입니다.

상 호 인간은 환경의 지배를 받는다는 것은 인정하겠습니다. 그렇지만 아무리 현실이 그렇다고 하더라도 자신에게 가장 소중한 것을 잃어버리는 것은 결국 자기 자신의 잘못입니다. 주인공이 어른들에게 실망한 것은 한결같이 순수함을 잃어버린 어른들의 세상에 대한 실망이었을 것입니다.

범 수 만약에 그 그림을 우리들에게 보여주었다면 어떤 대답이 나왔을까요? 과연 보아 구렁이 뱃속에 코끼리가 있다고 말하는 어린이가 몇 명이나 있을까요? 글을 읽기 전에 그림만 보았다면 아무도 그 그림의 정체를 알아맞추지 못했을 것입니다.

현 정 맞습니다. 주인공이 그림 한 장 때문에 어른들에게 실망했다고 생각하는 것은 아직 철이 없어서입니다. 아주 작은 힌트도 주지 않은 주인공에게 문제가 있었습니다.

주 훈 어린이라고 어른들에게 무조건 받으려고만 하는 데 문제가 있다고 생각합니다. 어른들이라면 우리들에게 그렇게 모자 그림 같은 그림을 보여주고 알아맞추지 못했다고 실망하지는 않았을 것입니다.

정 화 우리 어린이들은 어른들에 대한 기대나 환상이 아주 큽니다. 뭐든지 다 잘 하고, 뭐든지 척척 해결할 수 있을 것이라고 생각합니다. 주인공이 어른들에게 실망한 것은 그런 기대나 환상이 무너진 것에 대한 실망감이었다고 생각합니다.

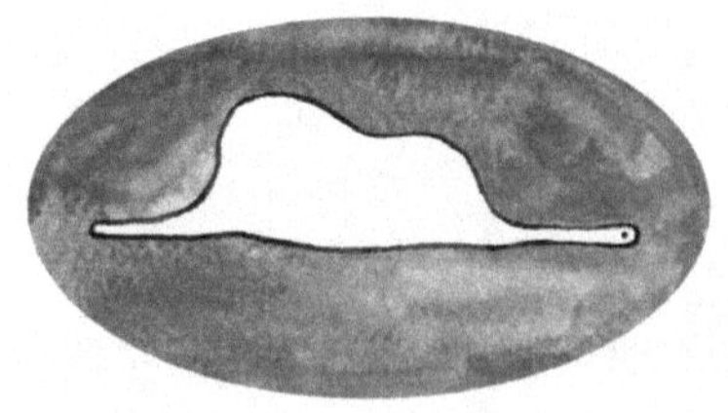

생각지도 그리기

찬성하는 이유를 먼저 생각한 뒤에 생각지도를 그려 보도록 해요.

자신이 본것을 다른사람이 못 본다는 것은 불행한 일이다

그 것에 대해 대화를 할수 없다

왜?

의견을 나누는 일은 중요한 일이다

다른 사람에겐 거짓으로 느껴 질수 있다

소외감이 들수도 있다

다른 이야기도 거짓으로 받아들일 수 있다

사람은 사회적 동물이다

생각지도에 맞춰 찬성 논술을 써 보도록 해요.

주인공은 보아 구렁이 뱃속의 코끼리를 알아맞추지 못한 어른들에게 실망할 수밖에 없었다. 어른들은 보아 구렁이 뱃속에 코끼리가 아닌 다른 것이 들어 있었어도 똑같은 대답을 했을 것이다. 머리 부분과 끝 부분이 똑같이 가늘고 가운데 부분만 볼록한 모습이 꼭 모자를 닮았기 때문에 별 생각 없이 보이는 대로 대답했을 것이다.

주인공이 어른들에게 그림을 보여준 뒤 그 대답을 듣고 실망한 것은 눈에 보이는 것만 중요하게 여기는 어른들에 대한 실망감이었다. 마치 어린 왕자가 장미꽃의 아름다운 모습과 향긋한 향기에 반해 꽃의 마음을 읽지 못했던 것을 후회했던 것처럼 어른들은 속에 감춰진 것보다는 겉으로 드러난 것만을 중요하게 여긴다.

어린이들은 어른들이 뭐든지 다 잘 한다고 믿는다. 그러니까 주인공이 어른들에게 실망한 것은 그런 기대나 환상이 무너진 것에 대한 실망감이었을 것이다.

주인공은 비행사가 된 후에 세계 방방곡곡을 돌아다니면서 많은 사람을 사귀었고, 그럴 때마다 그 그림을 보여주었지만 어른들의 대답은 항상 똑같았다.

그 그림을 보여주면서 아주 작은 힌트라도 알려주었다면 어른들도 단순하게 모자 그림이라고 대답하지 않았을 것이라고 할 수도 있겠지만 어린 왕자는 그 그림을 보자마자 보아 구렁이 뱃속의 코끼리를 알아맞췄다.

그러니까 주인공은 어른들의 규격화된 사고와 판단에 대해 실망을 했던 것이다.

6단 논법으로 정리하기

안건과 결론 주인공은 보아 구렁이 뱃속의 코끼리를 알아맞추지 못한 어른들에게 실망할 수밖에 없었다.

이 유 어른들은 보아 구렁이 뱃속에 코끼리가 아닌 다른 것이 들어 있었어도 모자 그림이라고 대답했을 것이다.

설 명 어린 왕자가 장미꽃의 아름다운 모습과 향긋한 향기에 반해 꽃의 마음은 전혀 눈치채지 못한 것처럼 어른들은 속에 감춰진 것보다 겉으로 드러난 것만 중요하다고 여긴다.

반론 꺾기 주인공이 작은 힌트라도 주었다면 어른들도 다른 대답을 했을 것이라고 하겠지만 어린 왕자는 그 그림을 보자 보아 구렁이 뱃속의 코끼리를 알아맞췄다.

정 리 주인공은 어른들의 단순하고 규격화된 사고에 대해 실망을 했던 것이다.

선생님평가

어린 왕자가 장미꽃의 아름다운 모습과 향긋한 향기에 반해 꽃의 마음은 전혀 눈치채지 못한 것처럼, 어른들은 속에 감춰진 것보다 겉으로 드러난 것만 중요하게 여긴다는 설명이 좋습니다. 그리고 주인공은 어른들의 단순하고 규격화된 사고에 대해 실망했다고 한 정리 부분도 설득력이 있습니다.

선생님: 이번에는 찬성하는 입장에서 스스로 논술을 써 보도록 해요.
먼저 생각지도를 그려 보면 좋은 글을 쓸 수 있겠죠?

주인공은 보아 구렁이 뱃속의 코끼리를 알아맞추지 못한 어른들에게 실망할 수밖에 없었다.

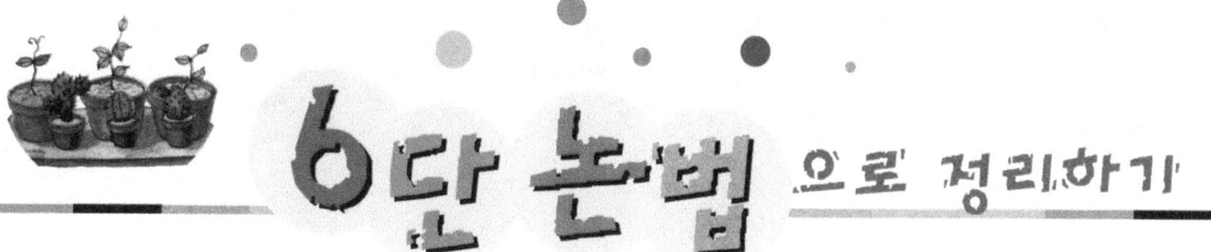

안건

결론

이유

설명

반론

꺾기

정리

선생님평가

선생님 : 어린 왕자는 장미꽃을 몹시 사랑했지요. 장미꽃은 가시가 있기 때문에 사나운 호랑이가 와도 끄떡없다고 자랑하고는 합니다. 이번에는 장미꽃 가시를 떠올리며 먼저 생각을 적고, 시 한 편을 써 볼까요?

현 지 : 장미꽃은 아름답지만 날카로운 가시가 있습니다. 꽃이 아름다운 장미 덩굴일수록 가시들도 날카롭습니다. 가시들은 아름다운 장미꽃을 보호하고 지키려는 병사들 같습니다.

장미가시

햇살 한 줄기로
가시 만들고

바람 한 줄기로
가시 만들고

빗물 한 줄기로
가시 만들고

장미꽃의 가시는
꽃을 보호하는
용감한 병사들이다.

생각지도 그리기

반대하는 이유를 먼저 생각한 뒤에 생각지도를 그려 보도록 해요.

생각

지도

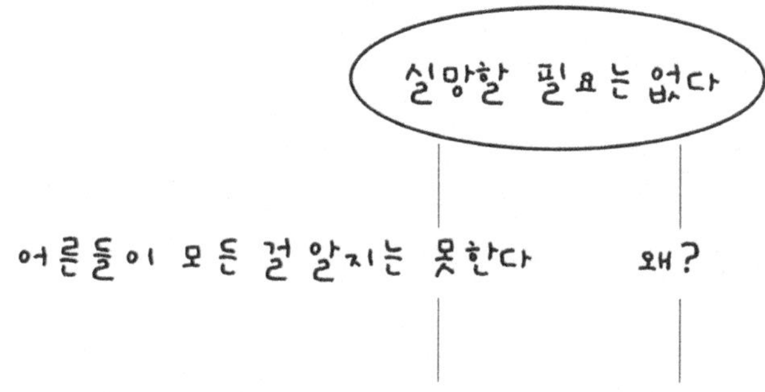
실망할 필요는 없다
어른들이 모든 걸 알지는 못한다
왜?
누구나 보는 관점은 다르다
아무런 힌트도 주지 않았기 때문이다

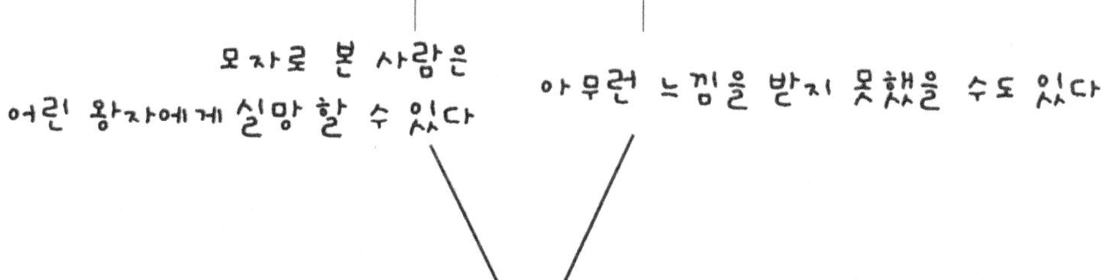
모자로 본 사람은
어린 왕자에게 실망할 수 있다
아무런 느낌을 받지 못했을 수도 있다

나의 생각과 다른 사람의 생각을 같이 받아들일 줄 알아야 한다

반대논술

생각지도에 맞춰 반대 논술을 써 보도록 해요.

주인공은 보아 구렁이 뱃속의 코끼리를 알아맞추지 못한 어른들에게 실망할 필요가 없었다. 왜냐하면 주인공에게도 문제가 있었기 때문이다. 아무런 힌트도 주지 않고 문제를 냈으면서 엉뚱한 대답을 했다는 것 때문에 실망을 했던 것이다. 어른들은 뭐든지 잘할 것이라는 믿음 때문이었겠지만 어른들도 어렸을 때는 뛰어난 상상력을 갖고 있었다. 하지만 나이를 먹으면서 현실에 적응하느라 그 상상력을 점차 잃어갈 수밖에 없었다는 것을 먼저 이해했어야 한다.

우리들도 먼 훗날 어른이 되면 우리 자식들에게 상상력이 없다는 말을 듣게 될 것이다.

그 그림을 어린이들에게 보여주었다고 해도 모자 그림이라고 대답했을지 모른다. 자신의 생각을 알아맞추지 못했다고 해서 무조건 실망부터 한 것은 철이 없어서이다.

어른들에게 어린이는 무조건 받아야 된다는 생각과 어른들은 뭐든지 잘해야만 된다는 생각을 먼저 버렸다면 결코 실망하지 않았을 것이다.

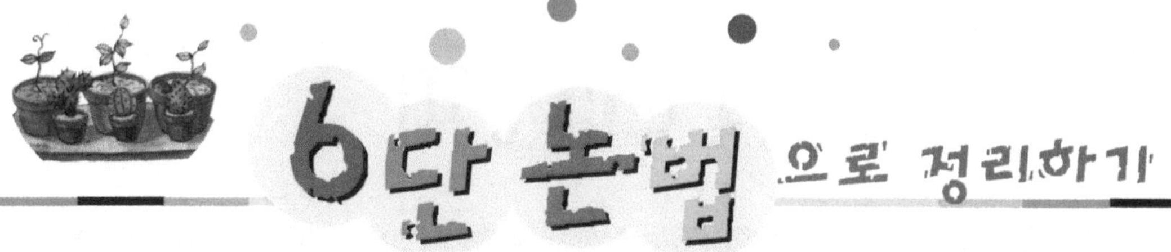

안건과 결론 주인공은 보아 구렁이 뱃속의 코끼리를 알아맞추지 못한 어른들에게 실망할 필요가 없었다.

이유 주인공은 그림을 보여주면서 어른들에게 아무런 힌트도 주지 않았다.

설명 어른들은 뭐든지 잘할 것이라는 믿음 때문이었겠지만 어른들도 어렸을 때는 뛰어난 상상력을 갖고 있었는데 자라면서 점차 잃어버렸다는 것을 먼저 이해했어야 한다.

반론 꺾기 그 그림을 어린이들에게 보여주었다고 해도 어른들이 했던 대답을 똑같이 했을 것이다.

정리 어른들은 뭐든지 잘해야만 된다는 생각을 먼저 버렸다면 결코 실망하지 않았을 것이다.

선생님평가

아무런 힌트도 주지 않고 문제를 내고, 그 문제를 알아맞추지 못했다는 사실 때문에 어른들에게 실망한 주인공에게 먼저 문제가 있다고 한 이유가 좋습니다. 어른들은 뭐든지 잘할 것이라는 믿음 때문이겠지만, 어른들도 어렸을 때는 뛰어난 상상력을 갖고 있었으나 자라면서 점차 그 생명력을 잃어버렸다는 것을 먼저 이해했어야 된다는 설명도 좋습니다.

어른들에게 받으려고만 하지 말고 어른들을 먼저 이해하려고 한다면 쉽게 실망하지 않았을 것이라는 정리도 좋습니다.

오늘 승리는 반대 쪽으로 돌아갑니다.

선생님: 이번에는 반대하는 입장에서 스스로 논술을 써 보도록 해요.
먼저 생각지도를 그려 보면 좋은 글을 쓸 수 있겠죠?

반대 주인공은 보아 구렁이 뱃속의 코끼리를 알아맞추지 못한 어른들에게 실망할 필요가 없었다.

6단 논법으로 정리하기

안 건

결 론

이 유

설 명

반 론 꺾 기

정 리

선생님평가

오늘 승리는 (   ) 쪽으로 돌아갑니다.

정해진 안건에 맞춰 토론 수업하기

대화 나누기

사 회 자 어린 왕자는 참 순수한 성품을 지녔습니다. 그리고 장미꽃을 몹시 사랑했지요. 이번에는 정해진 안건에 맞춰 서로 의견을 나누도록 해요.

안건 어린 왕자는 장미꽃만 놔둔 채 별을 떠나지 말았어야 했다.
반대 어린 왕자는 장미꽃만 놔둔 채 별을 떠날 수밖에 없었다.

다른 친구들과 나눈 대화를 (   )에 이름을 적고, 그 내용을 적어 보세요.

찬성하는 이유를 먼저 생각한 뒤에 생각지도를 그려 보도록 해요.

지도

생각지도에 맞춰 찬성 논술을 써 보도록 해요.

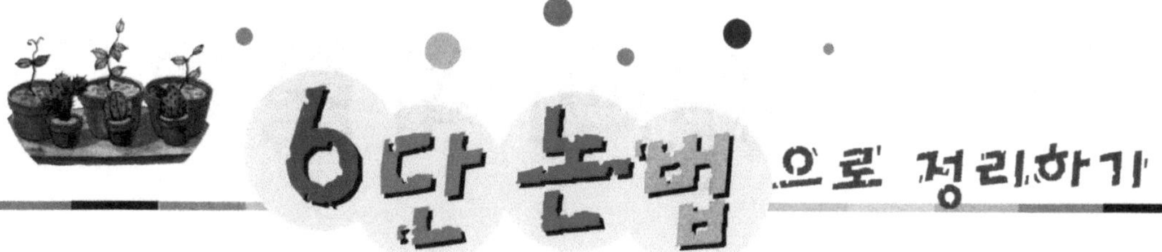

6단 논법으로 정리하기

안 건

결 론

이 유

설 명

반 론
꺾 기

정 리

선생님 평가

쓱쓱 쓱 어린이 시 쓰기

선생님 : 어린 왕자는 장미꽃을 세상에서 하나밖에 없는 소중한 꽃이라고 여겼습니다. 나중에 그런 장미꽃이 수없이 많다는 것을 알았지만 그래도 어린 왕자가 사랑하는 장미꽃은 별에 두고 온 그 꽃 하나밖에 없다는 것을 깨달았지요. 이번에는 장미꽃을 떠올리며 먼저 생각을 적고, 시 한 편을 써 볼까요?

나의 생각:

생각지도 그리기

반대하는 이유를 먼저 생각한 뒤에 생각지도를 그려 보도록 해요.

지도

생각지도에 맞춰 반대 논술을 써 보도록 해요

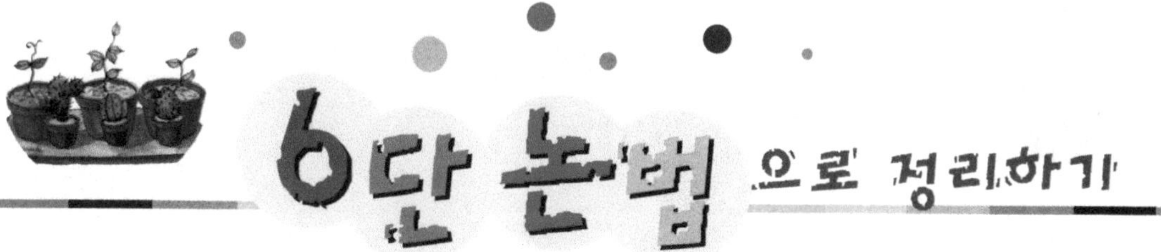

안 건

결 론

이 유

설 명

반 론 꺾 기

정 리

선생님평가

오늘 승리는 (   ) 쪽으로 돌아갑니다.

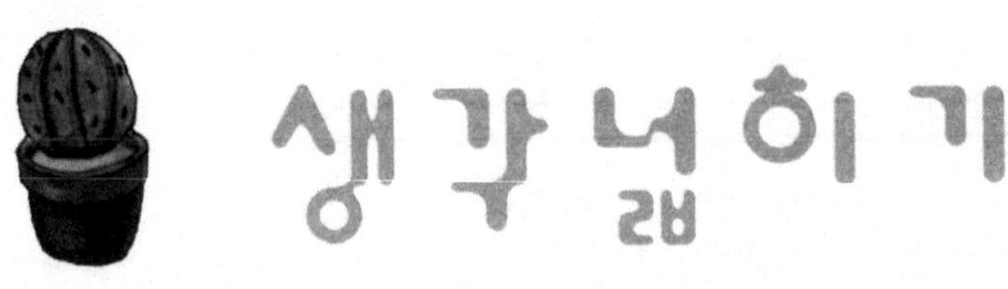

만약에 장미꽃을 사랑한 것이 나였다면 무슨 일이 일어날까요?
동화로 재미있게 지어 보고, 그림으로도 그려 볼까요?

"난 세상에서 가장 아름다운 꽃이죠. 단 한 송이밖에 없는 소중한 꽃이랍니다."
장미꽃은 내 앞에서 짙은 향기를 풍기며 자랑했습니다.

(다음을 이어서 써 보세요)

선생님 말씀

안네 프랑크는 1929년 6월 12일 독일 프랑크푸르트에서 태어났어요. 그리고 1944년 8월에 독일군에게 끌려갔다가 이듬해에 장티푸스에 걸려 세상을 떠났습니다.

전쟁이 여리고 순수한 한 소녀를 얼마나 무참히 짓밟았는지 안네의 일기를 통해 알 수 있습니다. 어두운 시대를 살면서 진솔하게 쓴 안네의 일기 덕분에 우리는 전쟁이 얼마나 무섭고 끔찍한 재앙인지 깨닫게 되지요.

제2차 세계대전은 수많은 재산과 목숨을 빼앗고 끝이 났습니다. 그리고 전쟁의 상처와 흔적은 아직도 세상 곳곳에 남아 있습니다. 우리나라도 전쟁의 소용돌이를 피해갈 수는 없었지요. 일본이 제2차 세계대전을 통해 세계 지배를 꿈꾸며 힘없는 우리 나라를 무참히 짓밟았기 때문입니다.

우리는 안네의 일기를 통해 나라의 힘을 기르는 것이 얼마나 소중한가를 다시 한번 생각해 보아야 할 것입니다.

예문보기
대화 나누기

사회자 지금부터 '안네의 일기' 중에서 중요한 안건을 정한 뒤 서로 의견을 나누도록 하겠습니다.

안건 속마음을 털어놓을 수 있는 사람이 많을수록 좋다.
반대 속마음을 털어놓을 수 있는 사람은 한 명이면 충분하다.

정 화 진정한 친구는 많을 수가 없습니다. 부자 아버지를 둔 아들이 돈을 펑펑 쓸 때는 많은 친구들이 모였지만, 정작 나쁜 짓을 한 것처럼 꾸미고 찾아갔을 때는 딱 한 친구만 그를 받아 주었습니다. 마찬가지로 친구가 많다고 해서 다 좋은 것은 아닙니다.

현 지 저도 그렇게 생각합니다. 아무리 친한 친구라도 사이가 벌어질 수 있습니다. 그러면 다른 친구에게 내 비밀을 다 옮길 수도 있습니다. 속마음을 털어놓을 수 있는 친구는 한 명이면 충분합니다.

봉 우 저는 그렇게 생각하지 않습니다. 많은 친구를 가졌다는 것은 즐거운 일입니다. 친구마다 개성이 다릅니다. 여러 친구를 사귄다면 친구 한 명을 뒀을 때보다 훨씬 행복할 수 있습니다.

영 애 여러 친구를 두는 것은 좋은 일입니다. 그렇지만 속마음을 털어놓을 수 있는 친구는 여러 명일 필요가 없습니다. 보통 속마음을 털어놓는 것은 기쁜 일보다 속상한 일이 많습니다. 또 안네가 걱정했던 것처럼 속마음을 털어놓을 때는 비밀을 지켜 줄 것처럼 굴지만 언젠가는 내 비밀을 다른 사람들에게 아무렇게나 퍼뜨릴 위험도 있습니다.

정 빈 기쁨은 나누면 배로 늘고, 슬픔을 나누면 반으로 줄어든다는 말이 있습니다. 여러 친구들에게 속마음을 털어놓을 수 있다면 그만큼 슬픔에서 빨리 벗어날 수 있습니다.

주 훈 친구에게 속마음을 털어놓는 것은 별로 중요하지 않다고 생각합니다. 털어놓을 수도 있고 혼자서 삭일 수도 있습니다.

범 수 친구가 많다는 것은 그만큼 인기가 좋다는 뜻입니다. 그럼 속마음을 털어놓을 수 있는 친구도 많다는 뜻이 됩니다. 저는 친구는 많을수록 좋다는 생각입니다.

현 정 저도 친구가 많습니다. 그렇지만 속마음을 털어놓는 친구는 별로 없습니다. 친하게 놀아도 속마음까지 털어놓을 수 있는 친구를 만나기는 쉽지 않습니다. 한 명이라도 있다면 성공한 것이라고 봅니다.

상 호 속마음을 털어놓을 수 있는 친구가 많으면 좋겠지요. 그보다 더 중요한 것은 친구 중에 몇 명이나 나를 진정한 친구로 여길까를 먼저 생각해야 한다고 봅니다.

생각지도 그리기

찬성하는 이유를 먼저 생각한 뒤에 생각지도를 그려 보도록 해요.

생각
지도

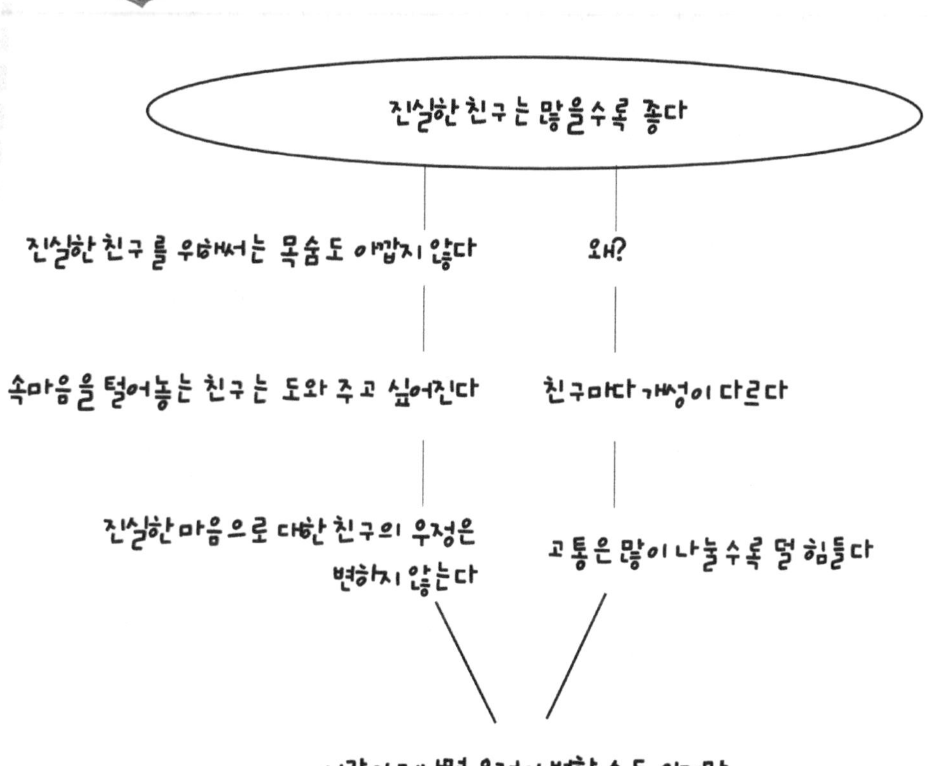
진실한 친구는 많을수록 좋다
진실한 친구를 위해서는 목숨도 아깝지 않다
왜?
속마음을 털어놓는 친구는 도와 주고 싶어진다
친구마다 개성이 다르다
진실한 마음으로 대한 친구의 우정은 변하지 않는다
고통은 많이 나눌수록 덜 힘들다
시간이 지나면 우정이 변할 수도 있지만
진정한 친구는 많을수록 좋다

찬성 논술

생각지도에 맞춰 찬성 논술을 써 보도록 해요.

속마음을 털어놓을 수 있는 사람이 많을수록 좋다는 안건에 찬성합니다. 많은 친구가 있다는 것은 그만큼 행복한 일입니다. 친구마다 개성이 다 다르기 때문에 친구 한 명보다는 여러 명을 뒀을 때 문제를 훨씬 더 쉽게 풀어갈 수 있습니다. 또한 내 고통을 친구들과 나누다보면 고통이나 슬픔도 그만큼 줄어들 것입니다.

'선비는 자기를 알아 주는 사람을 위하여 죽는다' 라는 고사 성어가 있습니다. 이 말은 진정한 친구를 위해서는 목숨도 아끼지 않는다는 뜻입니다. 속마음을 털어놓는 친구를 위해 어떻게든 도움이 되고 싶어하는 것은 당연한 일입니다.

여러 친구를 두었어도 속마음까지 털어놓을 수 있는 친구란 많지 않을 수 있습니다. 내 속마음을 알고 있는 친구가 언제 등을 돌리고 흉을 보고 다닐지도 모르는 일이지만 처음부터 진정한 마음으로 친구를 사귀고 대했다면 그 친구는 언제까지나 우정을 버리지 않을 것입니다.

친구가 나를 배신할 수도 있고 시간이 지나면 마음의 벽이 생길 수도 있지만 처음부터 진정으로 사귄다면 친구는 많을수록 좋습니다.

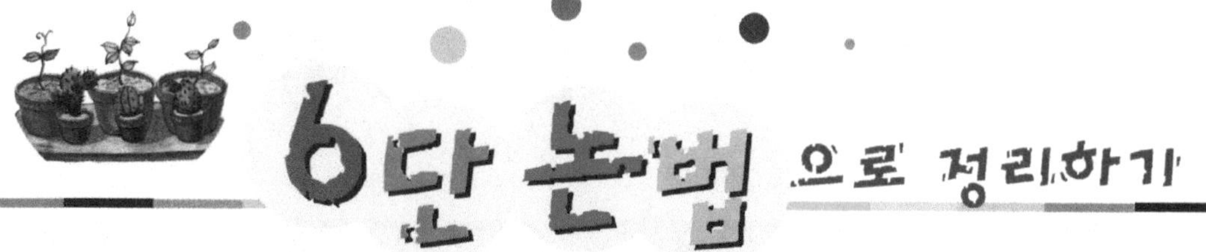

6단 논법으로 정리하기

안 건 속마음을 털어놓을 수 있는 사람이 많을수록 좋다.

결 론 찬성한다.

이 유 친구마다 개성이 다 다르기 때문에 친구 한 명보다 여러 명을 뒀을 때 문제를 더 쉽게 해결할 수 있고 고통이나 슬픔도 줄어들 수 있다.

설 명 선비는 자기를 알아 주는 사람을 위해서 죽는다는 고사성어처럼 진심으로 속마음을 털어놓는 사람을 보면 누구든지 솔직해지고 그 친구를 위해 도움이 되려고 한다.

반론 꺾기 속마음을 털어놨는데 그 친구가 등을 돌려서 흉을 보고 다닐 수도 있지만 처음부터 진정한 마음으로 친구를 사귀었다면 우정은 절대 변하지 않을 것이다.

정 리 친구가 나를 배신할 수도 있고 시간이 지나면 마음의 벽이 생길 수도 있지만, 친하게 지내는 그 순간만은 친구를 믿을 수 있어야 한다.

선생님평가

친구마다 개성이 다르기 때문에 친구 여러 명을 두었을 때 문제 해결을 더 쉽게 할 수 있다고 했습니다. 또한 선비는 자기를 알아 주는 사람을 위해서 죽는다는 고사성어를 내세워 친구가 얼마나 중요한가를 설명하였습니다.

하지만 나한테 진정한 친구가 몇 명이나 있는지를 먼저 생각하기 전에 나는 몇 명에게 진정한 친구인가를 먼저 생각하는 것이 옳을 것입니다.

친구와 사이가 벌어질 수도 있지만 친하게 지내는 그 순간만은 그 친구를 믿고 솔직하게 대해 주어야 한다는 정리 부분이 좋습니다.

스스로 해 보기

선생님 이번에는 찬성하는 입장에서 스스로 논술을 써 보도록 해요.
먼저 생각지도를 그려 보면 좋은 글을 쓸 수 있겠죠?

안건 속마음을 털어놓을 수 있는 사람이 많을수록 좋다.

안건 속마음을 털어놓을 수 있는 사람이 많을수록 좋다.

결론 찬성한다.

이유

설명

반론 꺾기

정리

선생님평가

어린이 시 쓰기

선생님 : 전쟁이 나면 가장 큰 희생자는 어린이라고 합니다. 아무런 죄도 없고 힘도 없는 어린이들이 가장 많이 다치기 때문이지요. 무서움에 떨며 일기를 썼던 안네를 생각하면서 생각을 적고, 시 한 편을 써 볼까요?

현 지 : 안네는 우리 또래 소녀입니다. 무서움에 떨면서도 자신의 미래를 생각하고 조금이라도 행복하게 살려고 노력했지요. 그래서 안네는 전쟁 속에서 피어난 한 송이 꽃 같습니다.

안네는 한 송이 꽃

일기를 쓸 때마다
무서운 총 소리보다는
행복한 미래를 꿈꾸었던 안네

폭탄이 터지고 비행기가 하늘을 에워싸고
죽어가는 사람들의 비명 소리가
사방을 울려도
"내일이면 괜찮아질 거야."
"오늘보다 내일이 훨씬 행복할 거야."
마음 속에서 꽃 피우기를 멈추지 않았던 안네

다락방에 숨어 키우고 가꾸었던
안네의 아름다운 꽃은
향기를 내뿜으며
먼 훗날까지 사람들 가슴에 영원히 피어 있으리

생각지도 그리기

반대하는 이유를 먼저 생각한 뒤에 생각지도를 그려 보도록 해요.

생각 지도

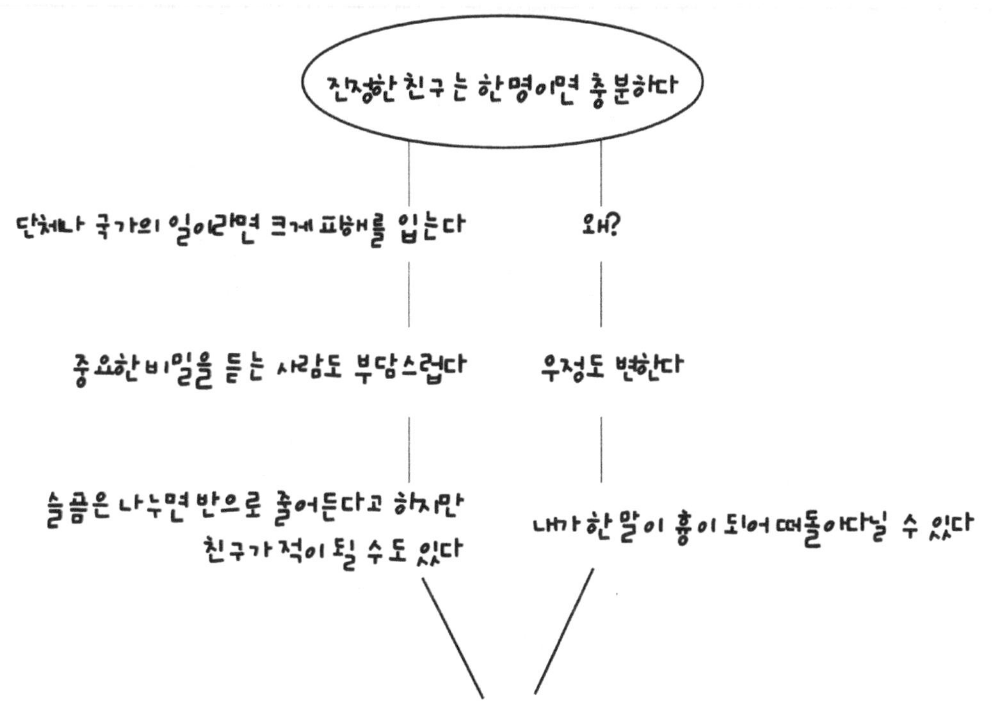
진정한 친구는 한명이면 충분하다
단체나 국가의 일이라면 크게 피해를 입는다
왜?
중요한 비밀을 듣는 사람도 부담스럽다
우정도 변한다
슬픔은 나누면 반으로 줄어든다고 하지만
친구가 적이 될 수도 있다
내가 한 말이 흉이 되어 떠돌아다닐 수 있다
순간이 힘들어도 속마음을 함부로 털어놓으면 안 된다

반대 논술

생각지도에 맞춰 반대 논술을 써 보도록 해요.

진정한 친구란 많을 수가 없습니다. 아무리 친한 친구라도 그 순간에는 친하지만 시간이 지나면 마음이 바뀔 수도 있고 나를 배신할 수도 있습니다. 만약에 내 속마음을 털어놓은 친구가 열 명이었다면, 내 흉을 보고 다닐 수 있는 친구도 열 명이라는 뜻이 됩니다.

친구는 여러 명일수록 좋지만 속마음을 털어놓을 수 있는 친구는 한 명 정도면 충분합니다. 속마음을 털어놓을 때는 진심으로 들어 주고 비밀을 지켜 줄 것처럼 하지만 마음이 변하면 여러 사람에게 말을 퍼뜨리고 다닐 위험도 많습니다.

만약에 개인적인 일이 아니라 단체나 국가의 중요한 일을 털어놓고 도움을 청했는데 배신을 당한다면 그 피해란 이루 말할 수 없이 클 것입니다. 또한 중요한 비밀을 듣게 되면 듣는 사람도 그만큼 부담스러울 수 있습니다.

기쁨은 나누면 배가 되고, 슬픔은 나누면 반으로 줄어든다고 하는 것처럼 친구란 많으면 많을수록 좋다고 하겠지만 속마음을 털어놓을 수 있는 친구는 적을수록 좋습니다. 그래야 내 비밀이 밖으로 새어나가지 않습니다.

각자 개성이 있는 것처럼 친구 여러 명을 두어서 내용에 따라 속마음을 털어놓는 것도 좋겠지만 순간이 힘들다고 해서 함부로 속마음을 털어놓는 것은 현명한 행동이 아닙니다.

6단 논법으로 정리하기

안건과 결론 속마음을 털어놓을 수 있는 사람은 한 명이면 충분하다.

이유 내 속마음을 친구 열 명이 알고 있다면 나중에 친구 열 명이 내 흉을 보고 다닐 수도 있다.

설명 개인적인 일이 아니라 단체나 국가의 비밀을 털어놓고 도움을 청했는데 배신을 당한다면 그 피해란 이루 말할 수 없이 크다. 또 중요한 비밀을 듣게 되면 듣는 사람도 그만큼 부담스러울 수 있다.

반론 꺾기 기쁨은 나누면 배가 되고 슬픔을 나누면 반으로 줄어든다고 하지만 내 비밀이 밖으로 새어나가지 않게 하려면 속마음을 털어놓을 수 있는 친구는 적을수록 좋다.

정리 각자 개성이 있는 것처럼 여러 명의 친구를 두어서 내용에 따라 속마음을 털어놓는 것도 행복하겠지만 순간이 힘들다고 함부로 속마음을 털어놓는 것은 현명한 행동이 아니다.

선생님평가

친구 열 명이 내 속마음을 알고 있다면 나중에 친구 열 명이 내 흉을 보고 다닐 수가 있고, 또한 그 비밀이 개인적인 것이 아니라 단체나 국가의 것이라면 그 피해란 이루 말할 수 없이 커진다고 했습니다. 그리고 중요한 비밀은 듣게 되면 듣는 사람도 그만큼 부담스럽다는 설명도 좋습니다.

순간이 힘들다고 함부로 속마음을 털어놓는 것은 현명한 행동이 아니라고 했는데 그것은 안건에서 조금 벗어난 내용입니다.

오늘 승리는 반대 쪽으로 돌아갑니다.

스스로 해 보기

선생님 이번에는 반대하는 입장에서 스스로 논술을 써 보도록 해요. 먼저 생각 지도를 그려 보면 좋은 글을 쓸 수 있겠죠?

반대 속마음을 털어놓을 수 있는 사람은 한 명이면 충분하다.

6단 논법으로 정리하기

안건과 결론 속마음을 털어놓을 수 있는 사람은 한 명이면 충분하다.

이 유

설 명

반론 꺾기

정 리

선생님평가

오늘 승리는 (　　　)쪽으로 돌아갑니다.

정해진 안건에 맞춰 토론 수업하기

대화 나누기

사회자 안네는 다락방에 숨어 있었지만 조국의 슬픔을 생생하게 보았습니다. 독일군에게 끌려가기 직전인 할머니를 보고서도 아무도 구하러 나가지 못하자 혼자 눈물을 뿌리기도 했지요. 이번에는 정해진 안건에 맞춰 서로 의견을 나누도록 해요.

안건 독일군들에게 끌려가기 직전인 유태인 할머니를 구하지 못한 것은 어쩔 수 없었다.

반대 독일군에게 끌려가기 직전인 유태인 할머니를 누군가 나서서 구했어야 했다.

다른 친구들과 나눈 대화를 ( ) 에 이름을 적고, 그 내용을 적어 보세요.

생각지도 그리기

찬성하는 이유를 먼저 생각한 뒤에 생각지도를 그려 보도록 해요.

지도

독일군들에게 끌려가기 직전인 유태인 할머니를 구하지 못한 것은 어쩔 수 없었다.

찬성 논술

생각지도에 맞춰 찬성 논술을 써 보도록 해요.

안건 : 독일군들에게 끌려가기 직전인 유태인 할머니를 구하지 못한 것은 어쩔 수 없었다.

6단 논법으로 정리하기

안 건 독일군들에게 끌려가기 직전인 유태인 할머니를 구하지 못한 것은 어쩔 수 없었다.

결 론 찬성이다.

이 유

설 명

반 론 꺾 기

정 리

선생님평가

쑥쑥쑥

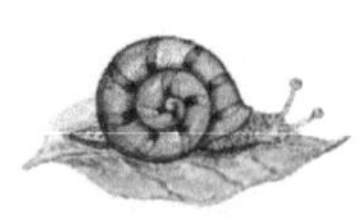

어린이 시 쓰기

선생님 안네가 쓴 일기는 역사적으로 남겨진 일기 중에서도 가장 중요한 몫을 차지하고 있습니다. 이처럼 일기란 개인적인 기록이기도 하지만 역사적인 기록이 될 수도 있습니다. 우리는 안네의 일기를 보면서 무서운 전쟁이 일어나지 않아야 한다는 생각을 하게 되지요. 이번에는 일기를 생각하면 무엇이 먼저 떠오르는지 생각을 적고, 시 한 편을 써 볼까요?

나의 생각 :

생각지도 그리기

반대하는 이유를 먼저 생각한 뒤에 생각지도를 그려 보도록 해요.

독일군에게 끌려가기 직전인 유태인 할머니를 누군가 나서서 구했어야 했다.

반대 논술

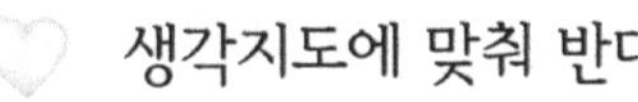

♡ 생각지도에 맞춰 반대 논술을 써 보도록 해요.

안건 : 독일군에게 끌려가기 직전인 유태인 할머니를 누군가 나서서 구했어야 했다.

6단 논법으로 정리하기

안건과 결론 독일군에게 끌려가기 직전인 유태인 할머니를 누군가 나서서 구했어야 했다.

이 유

설 명

반론 꺾기

정 리

선생님평가

오늘 승리는 (　　　)쪽으로 돌아갑니다.

생각 넓히기

지금 내가 가족과 함께 다락방에 숨어 살고 있다고 생각하며 동화를 지어 보고, 그림도 그려 볼까요?

"여기서는 기침 소리도 내서는 안 된단다. 바깥에서 누군가가 무슨 소리를 듣고 금방 우리를 찾아낼 거야."

엄마는 감기에 걸려 콜록거리는 나를 안타깝게 바라보았어요.

"엄마, 빨리 밖으로 나가고 싶어요. 나가서 마음껏 친구들하고 뛰어놀고 싶어요."

나는 울먹이면서 말했어요.

(다음을 이어서 써 보세요)

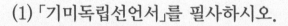

Chapter 15 웅변 연설문 잘 쓰는 법

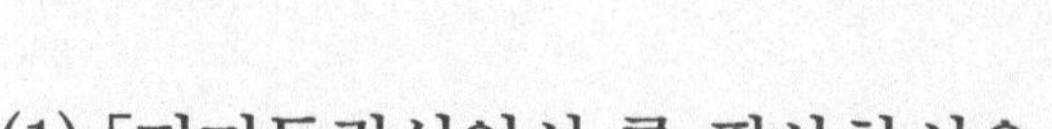

(1) 「기미독립선언서」를 필사하시오.

(2) 링컨 대통령의 「게티즈버그 연설문」을 필사하시오.

(3) 케네디 대통령의 「취임사」를 원고지에 필사하시오.

(4) 한용운의 「님의 침묵」을 원고지에필사하시고, 낭송하십시오.

(5) 타고르의 「동방의 등불」을 원고지에 필사하시고, 낭송하시오.

1. 웅변이란 무엇일까요?

자신의 생각이나 느낌을 말이나 표정, 어투나 몸짓 등을 이용하여 다른 사람에게 전달하여 이해시키고, 감화·감동·감명·설득시키는 말의 기술입니다.

말을 잘 하고, 어떤 상황에서 어떤 말이 어울리는지 제대로 대처한다는 것은 참으로 중요한 일입니다.

"웅변을 하고 나서 성격이 많이 명랑해졌어요."

"평소에 소심하던 아이가 웅변에 재미를 붙인 뒤로는 어디서든 거침없이 자신의 생각을 내세울 수 있게 되었습니다."

"무슨 말을 하려고 하면 얼굴부터 빨개지던 버릇이 웅변을 하고 난 뒤로는 사라졌어요. 당당하게 말하고 대답할 줄 알게 되었습니다."

"친구를 사귈 줄 몰라서 애를 먹었는데 웅변에 자신이 생긴 뒤부터는 절대 수줍어하지 않아요. 오히려 먼저 친구를 사귈 정도로 성격이 많이 바뀌었습니다."

이렇듯 웅변이란 남 앞에서 나를 당당하게 내세우며 자기의 주장을 펼 수 있는 사람으로 만들어줍니다.

2. 웅변 원고 작성 요령은 무엇일까요?

① 웅변할 기발한 제목과 내용을 정해야 합니다.

② 정한 웅변의 주제에서 절대 이탈해서는 안 됩니다.

③ 충분한 자료가 수집되어야 합니다.

④ 시대적 배경을 알아야 합니다.

⑤ 복잡해서는 안 됩니다.

⑥ 시간 제한을 잊지 말아야 합니다.

⑦ 웅변할 장소가 어디인지 미리 알아야 합니다.

⑧ 청중에 대한 정보가 많아야 합니다.

⑨ 확실한 신념이 있어야 합니다.

⑩ 수사법을 적절하게 씁니다.

⑪ 쉬운 말과 어감이 좋은 말, 어법에 맞는 말을 사용하여야 합니다.

⑫ 생생하고 축소된 문장으로 표현하되 구체적으로 써야 합니다.

3. 연설문이란 무엇일까요?

많은 사람 앞에서 자신의 생각이나 주장을 조리 있고 체계적으로 설명하여 설득시키기 위한 목적으로 쓴 글입니다.

4. 연설문은 어떻게 써야 할까요?

① 말하는 사람에게 흥미 있는 내용이어야 합니다.

② 청중에게도 흥미 있는 것이어야 합니다.

③ 가치가 있는 것이어야 합니다.

④ 정해진 시간에 충분히 나타낼 수 있는 내용이어야 합니다.

⑤ 참신한 내용이어야 합니다.

(1) 「기미독립선언서」를 필사하시오.

기미독립선언서

우리는 오늘 우리 조선이 독립국이며 조선인이 자주민임을 선언합니다. 이를 세계 만방에 알려 인류 평등의 큰 진리를 환하게 밝히며, 이를 자손만대에 알려 민족의 자립과 생존의 정당한 권리를 영원히 누리게 하려는 것입니다. 반만 년 역사의 권위에 의지하여 이를 선언하며, 이천만 민중의 정성을 모아 이를 두루 밝히며, 영원한 민족의 자유와 발전을 위하여 이를 주장하며, 인류가 가진 양심의 발로에 뿌리박은 세계 개조의 큰 기운에 발맞추어 나아가기 위하여 이를 제기하니, 이는 하늘의 명백한 명령이며 시대의 대세이며 전 인류 공동 생존권의 정당한 발로이기에 세상의 어떤 힘도 이를 막거나 억누르지 못할 것입니다.

낡은 시대의 유물인 침략주의와 강권주의의 희생이 되어 유사 이래 수천 년 만에 처음으로 다른 민족의 압제에 뼈아픈 고통을 당한 지 이미 십 년이 지났습니다. 그동안 우리의 생존권을 빼앗겨 잃은 것이 그 얼마이며, 정신상 발전에 장애를 받은 것이 그 얼마이며, 민족의 존엄과 영광에 손상을 입은 것이 그 얼마이며, 새롭고 날카로운 기운과 독창력으로 세계 문화에 이바지하고 보탤 기회를 잃은 것이 그 얼마이겠습니까! 슬픈 일입니다. 오랜 억압과 울분을 떨치고 일어나려면, 현재의 고통을 헤쳐 벗어나려면, 장래의 위협을 없애려면, 땅에 떨어진 민족의 양심과 국가의 체면과 도리를 떨쳐 얻으려면, 각자의 인격을 정당하게 발전시키려면, 가엾은 아들 딸들에게 괴롭고 부끄러운 현실을 물려주지 않으려면, 자자손손에게 영원하고 완전한 행복을 안겨 주려면, 가장 크고 급한 일이 바로 민족의 독립을 확실하게 하는 것입니다. 이천만 겨레마다 마음속에 칼을 품은 듯 굳게 결심하니, 인류 공통의 성품과 이 시대의 양심이 정의라는 군사와 인도주의라는 창과 방패로 호위하고 도와주고 있는 오늘날, 우리는 나아가 싸우니 어느 강도를 꺾지 못하겠습니까! 물러가 일을 꾀하니 무슨 뜻인들 펴지 못하겠습니까!

병자수호조약 이후 때때로 굳게 맺은 갖가지 약속을 배반하였다 하여 일본의 배신을 죄주려는 것이 아닙니다. 일본 제국주의의 학자들은 강단에서, 통치배들은 실생활에서 우리의 선조들이 대대로 닦아 온 찬란한 위업을 식민지로 삼아 문화민족인 우리를 야만족같이 대우하여 다만 정복자의 쾌감을 탐할 뿐이요, 우리의 오랜 사회 기초와 뛰어난 민족의 성품을 무시한다 해서 일본의 무도함을 꾸짖으려는 것도 아닙니다. 스스로를 채찍질하고 격려하기에 바쁜 우리는 남을 원망할 겨를이 없습니다. 현재를 꼼꼼히 준비하기에 급한 우리는 묵은 옛일을 응징하고 잘못을 가릴 겨를이 없습니다. 오늘 우리에게 주어진 임무는 오직 자기 건설이 있을 뿐이지, 결코 남을 파괴하는 데 있는 것이 아닙니다. 엄숙한 양심의 명령으로 자신의 새로운 운명을 개척하고자 하는 것뿐이지, 결코 묵은 원한과 일시적 감정으로 남을 시샘하여 쫓아내고 물리치려는 것이 아닙니다. 낡은 사상과 낡은 세력에 얽매여 있는 일본 제국주의 통치배들의 부귀공명의 희생이 되어 압제와 수탈에 빠진 이 비참한 상태를 바르게 고쳐서, 억압과 착취가 없는 공정하고 인간다운 큰 근본이 되는 길로 돌아오게 하려는 것입니다. 처음부터 우리 민족의 요구에서 나온 것이 아닌 우리나라의 침략·강점이었으므로, 그 결과는 마침내 위압으로 유지하려는 일시적 방편과, 민족 차별의 불평등과, 거짓으로 꾸민 통계 숫자에 의하여 서로 이해가 다른 두 민족 사이에 영원히 화해할 수 없는 원한의 구덩이를 더욱 깊게 만들고 있는 오늘날의 실정을 보십시오! 용감하고 현명하게 그리고 과감하게 과거의 잘못을 뜯어 고치고, 참된 이해와 선린을 바탕으로 우호적인 새로운 관계를 만드는 것이 서로 간에 화를 쫓고 복을 불러들이는 지름길인 줄을 밝히 알아야 할 것이 아니겠습니까! 또한 원한과 분노에 쌓인 이천만 민족을 폭력으로 구속하는 것은 오직 동양의 영구한 평화를 보장하는 길이 아닐 뿐만 아니라, 이로 인하여 동양의 안전과 위태함을 좌우하는 사억 중국인들은 일본에 대한 두려움과 시기가 갈수록 두터워진 결과, 동양의 온 판국이 함께 넘어져 망하는 비참한 운명이 될 것이 분명하니, 오늘 우리 한국의 독립은 한국인으로 하여금 정당한 생존과 번영을 이루게 하는 동시에, 일본으로 하여금 그릇된 길에서 벗어나 동양의 선진 후원국으로서의 중대한 책임을 온전히 이루게 하는 것이며, 중국으로 하여금 악몽처럼 괴로운 일본 침략의 공포로부터 벗어나게 하는 것이며, 또한 동양의 평화로 중요한 일부를 삼는 세계 평화와 인류 행복에 필수적인 받침대가 되게 하는 것입니다. 이 어찌 사소한 감정상의 문제이겠습니까!

아! 새로운 세상이 눈앞에 펼쳐지고 있습니다. 무력의 시대가 가고 도덕의 시대가 오고 있습니다. 과거 한 세기 동안 갈고 닦으며 키우고 기른 인도주의 정신이 이제 막 새로운 문명의 밝은 빛을 온 인류 역사에 비추기 시작하였습니다. 새 봄이 온 세계에 돌아와 만물의 소생을 재촉하고 있습니다. 혹심한 추위가 사람의 숨통을 막아 꼼짝 못하게 한 것이 저 지난 한때의 형세라면, 화창한 봄바람과 따뜻한 햇볕에 원기와 혈맥을 떨쳐 펴는 것은 이때의 형세이니, 천지의 돌아온 운수에 접하고 세계의 새로 바뀐 조류를 탄 우리는 아무 주저할 것도 없으며 아무 거리낄 것도 없습니다. 우리가 본래부터 지녀

온 권리를 지키고 온전히 하여 생명의 왕성한 번영을 맘껏 누릴 것이며, 우리의 풍부한 독창력을 발휘하여 봄기운 가득한 천지에 순수하고 빛나는 민족문화를 찬란히 꽃피우게 할 것입니다.

우리는 오늘 떨쳐 일어났습니다. 양심이 우리와 함께 있으며, 진리가 우리와 함께 나아가고 있습니다. 남녀노소 없이 어둡고 답답한 옛 보금자리로부터 분연히 일어나 삼라만상과 함께 기쁘고 유쾌한 부활을 이루게 되었습니다. 억만대의 조상님들의 신령이 보이지 않는 가운데 우리를 돕고 온 세계의 새로운 형세가 우리를 밖에서 호위하고 있으니, 시작이 곧 성공입니다. 다만 앞길의 광명을 향하여 힘차게 곧장 나아갈 뿐입니다.

〈공약 3장〉

오늘 우리의 이번 거사는 정의와 인도주의 그리고 생존과 영광을 갈망하는 민족 전체의 요구이니 오직 자유의 정신을 발휘할 것이요,

결코 배타적인 감정으로 정도에서 벗어난 잘못을 저지르지 맙시다.

최후의 한 사람까지 최후의 한 순간까지 민족의 정당한 의사를 흔쾌히 발표합시다.

모든 행동은 질서를 가장 존중하여 우리의 주장과 태도를 어디까지나 떳떳하고 정당하게 합시다.

【단기 4252년 3월 1일. 조선 민족 대표】

손병희 길선주 이필주 백용성 김완규 김병조 김창준 권동진 권병덕 나용환 나인협 양순백 양한묵 유여대 이갑성 이명룡 이승훈 이종훈 이종일 임예환 박준승 박희도 박동완 신홍식 신석구 오세창 오화영 정춘수 최성모 최린 한용운 홍병기 홍기조

(1) 「기미독립선언서」를 필사하시오.

(2) 링컨 대통령의 「게티즈버그 연설문」을 필사하시오.

게티즈버그 연설

팔십 하고도 일곱해 전, 우리의 선조들은 자유 속에 잉태된 나라, 모든 사람은 평등하다는 믿음에 바쳐진 새 나라를 이 대륙에 낳았습니다.

지금 우리는 그 나라, 혹은 그같이 태어나고 그 같은 믿음을 가진 나라들이 오래토록 버틸수가 있는가 시험받는 내전을 치르고 있습니다.

그리고 우리는 그 전쟁의 거대한 격전지가 되었던 싸움터에 모였습니다.

우리는 그 땅의 일부를, 그 나라를 살리기 위하여 이곳에서 생명을 바친 이들에게 마지막 안식처로서 바치고자 모였습니다.이것은 우리가 그들에게 해줘야 마땅하고 옳은 일인 것입니다.

그러나 보다 넓은 의미에서, 우리는 이 땅을 헌정하거나… 봉헌 하거나… 신성하게 할 수 없습니다.

이곳에서 싸우다 죽은, 혹은 살아남은 용사들이 이미 이 땅을 신성하게 하였으며, 우리의 미약한 힘으로는 더 이상 보탤 수도, 뺄 수도 없기 때문입니다.

우리가 지금 이 자리에서 말하는 것을 세상은 주목하지도, 오래 기억하지도 않을 것입니다. 하지만 그 용사들이 이곳에서 한 일은 결코 잊지 못할 것입니다.

우리, 살아남은 이에게 남겨진 일은 오히려, 이곳에서 싸운 이들이 오래도록 고결하게 추진해 온, 끝나지 않은 일에 헌신하는 것입니다.

우리들에게 남은 일은 오히려, 명예로이 죽은 이들의 뜻을 받들어, 그분들이 마지막 모든 것을 바쳐 헌신한 그 대의에 더욱 헌신하는 것입니다.

그것은 그분들의 죽음이 헛되지 않도록 하고, 신의 가호 아래, 이땅에 새로운 자유를 탄생시키며, 국민의, 국민에 의한, 국민을 위한 정부가 지구상에서 죽지 않도록 하는 것입니다.

1863년 11월 19일 오후 2시 13분

〈게티즈버그 연설문에 대해서〉

◇ 미국의 독립기념일은 1776년 7월 4일이다.

◇ 남북전쟁이 진행 중이던 1863년 11월 19일, 미국의 제16대 링컨 대통령은 전쟁의 전환점이 된 격전지 게티즈버그에서 있은 국립묘지 헌정식에 참석하였다.

◇ 그 자리에서 그는 불과 2분동안의 짧은 연설을 하였다. 바로 그 유명한 '게티즈버그 연설'이다.

◇ 모두 272단어로 구성된 10문장의 연설에서 그는 남북전쟁의 의미와 자유의 가치, 나아가 민주 정부의 원칙을 간결하고 강력하게, 그리고 감동적으로 전하였다.

◇ 이 글은 적절한 단어의 선택과 명료하고도 잘 정돈된 단어의 배열이라는 문장의 본령에서 보더라도 불후의 명연설임에 손색이 없어
미국은 물론 전 세계 많은 국가들의 교과서에 수록되어 있다.

Four score and seven years ago our fathers brought forth on this continent, a new nation, conceived in Liberty, and dedicated to the proposition that all men are created equal.

Now we are engaged in a great civil war, testing whether that nation, or any nation so conceived and so dedicated, can long endure. We are met on a great battle-field of that war. We have come to dedicate a portion of that field, as a final resting place for those who here gave their lives that the nation might live. It is altogether fitting and proper that we should do this.

But, in a larger sense, we can not dedicate - we can not consecrate - we can not hallow - this ground. The brave men, living and dead, who struggled here, have consecrated it, far above our poor power to add or detract. The world will little note, nor long remember what we say here, but it can never forget what they did here. It is for us the living, rather, to be dedicated here to the unfinished work which they who fought here have thus far so nobly advanced. It is rather for us to be here dedicated to the great task remaining before us - that from these honored dead we take increased devotion to that cause for which they gave the last full measure of devotion - that we here highly resolve that these dead shall not have died in vain - that this nation, under God, shall have a new birth of freedom - and that government of the people, by the people, for the people, shall not perish from the earth.

(2) 링컨 대통령의 「게티즈버그 연설문」을 필사하시오.

(3) 케네디 대통령의 「취임사」를 필사하시오.

취임사

존슨 부통령, 대변인, 대법원장, 아이젠아워 전 대통령, 닉슨 전 부통령, 트루먼 전 대통령, 성직자, 국민 여러분!

정당의 승리가 아닌 끝이면서도 시작을 상징하는, 부흥과 변화를 나타내는 민주주의 의식을 우리는 오늘 보고 있습니다. 우리 선조들이 180여 년 전 정한 선서를 여러분과 전능하신 하느님 앞에서 서약하기 때문입니다.

지금 세계는 곤경에 처해 있습니다. 인간의 재산과 생명을 사라지게 할 힘을 인간은 자신의 치명적인 손에 잡고 있기 때문입니다. 인권은 국가의 관용이 아닌 신의 손에서 나온다는 우리 선조들이 목숨을 바친 이 혁명적인 신념은 아직도 지구상에서는 미해결 상태입니다.

우리가 그 첫 혁명의 후계자임을 오늘 우리는 결코 잊지 않습니다. 지금 이 자리에서 한 말을 친구는 물론 적에게도 전합시다. 금세기에 태어나 전쟁으로 단련되고 매섭고 쓰라린 평화로 훈련받았으며 우리의 오래된 유산을 영광으로 생각하며, 이 땅에서 늘 보장되었으며 오늘 우리가 집에서 그리고 세계 각지에서 누리고 있는 인권이 점차 몰락되는 것을 보거나 허락할 수 없는 신세대에 횃불이 전해졌다고.

각국이 우리의 우방이 되기를 원하건 적국이 되기를 원하건 우리는 값을 지불할 것이며 임무를 맡을 것이며, 어떠한 고난도 피하지 않으며 우방을 지원하며 자유의 정착과 번영을 위하여 적을 막을 것입니다.

바로 이 점을 우리는 거듭 약속하려 합니다.

문화적 정신적으로 함께하는 역사 깊은 우방에 신뢰할만한 친구의 지원을 약속합니다. 뭉치면 손잡고 이룩해야 할 많은 모험을 이루지 못할 일이 없습니다. 그러나 흩어지면 거의 아무 것도 해낼 수 없습니다. 뿔뿔이 흩어진 상태에서 어떻게 강력한 도전에 대응할 수 있겠습니까.

식민지 지배 구조가 사라지고 훨씬 강력한 독재가 대신하지는 않을 것이라고 자유 진영에 동참하는 신생국에 약속합니다. 그들이 항상 우리의 견해를 지지해주기를 바라지는 않지만, 그들 자신의 자유를 강력히 지지하기를 바랍니다. 또한 과거에 어리석게도 호랑이 등에 올라탐으로써 권력을 추구했던 사람들이 결국 호랑이 밥이 되고 말았다는 사실을 기억하기를 바랍니다.

세계 곳곳의 오두막과 마을에서 빈곤을 타파하려고 노력하는 사람들에게 아무리 오랜 기간이 걸리더라도 최선을 다해 돕겠다고 약속합니다. 공산주의자와의 경쟁이나 그들의 표가 필요해서가 아닙니다. 그것이 옳은 일이기 때문입니다. 만일 자유 사회가 가난한 다수를 도울 수 없다면, 부유한 소수도 구원할 수 없습니다.

우리 중남미 우방에 특히 약속합니다. 우리의 찬사는 발전하려는 신흥 우방에서 참된 행동으로 옮겨질 것이며 빈곤을 타파하려는 자유인과 민주 정부를 도울 것입니다. 그러나 희망적인 이 평화로운 변혁은 폭력의 먹이가 될 수 없습니다. 이 대륙 어디이건 침략과 파괴를 막기 위해 함께하겠다는 것을 우리 우방에 알립시다. 그리고 세계 만방에 이 서반구는 여전히 스스로를 책임져 나갈 것임을 알립시다.

전쟁의 수단이 평화의 수단을 훨씬 앞질러버린 이 시대, 우리의 마지막이자 최고의 희망이요, 모든 주권 국가의 연합인 유엔에 새로운 지원을 다짐합니다. 유엔이 단순한 독설의 장이 되는 것을 막고, 신생국과 약소국의 방패 역할을 강화해 그 권한이 미치는 지역을 확대하도록 지원하겠습니다. 마지막으로, 우리를 적대하려는 국가들에게는 맹세가 아닌 요청을 합니다. 과학에 의해 고삐가 풀린 어두운 파괴력이 계획적이건 우발적이건 자기 파괴로 인해 인류를 자멸의 도가니 속으로 몰아넣기 전에 양 진영이 새롭게 평화 추구 노력을 시작합시다.

힘도 없이 이런 모험을 하겠다는 건 아닙니다. 의심할 여지가 없을 만큼 충분한 군비를 갖추고 있어야만 우리는 무력 사용 억제를 보장할 수 있기 때문입니다.

하지만 크고 강력한 두 국가 진영 중 어느 쪽도 현 사태에 마음을 놓을 수는 없습니다. 양측 진영이 다같이 현대적 무기의 비용에 과중한 부담을 지고 있고, 치명적인 핵 무기의 확산을 두려워하고 있습니다. 그러면서도 양 진영은 인류 최후의 전쟁 도발을 억제하고 있는 불확실한 공포의 균형을 자기 쪽에 유리하도록 바꾸려고 경쟁하고 있습니다.

그러니 우리 다시 시작합시다. 정중함이 나약함의 표시가 아니며, 성실함은 반드시 증거가 필요하다는 점을 다같이 명심합시다. 두려움 때문에 협상하지는 맙시다. 그렇다고 협상하는 것을 두려워하지도 맙시다. 두 진영을 분열시키는 문제로 왈가왈부하기보다는 서로 단결시켜 줄 문제를 함께 찾아봅시다. 두 진영이 처음으로, 군비의 사찰과 통제를 위한 진지하고 구체적인 방안을 공식화시켜, 다른 국가들을 파괴하려는 절대무기가 모든 국가의 절대적인 통제를 받도록 합시다.

두 진영으로 하여금 과학으로부터, 공포가 아닌 기적을 끌어낼 수 있도록 함께 노력합시다. 함께 천체를 탐색하고, 사막을 정복하고, 질병을 뿌리뽑고, 바다 밑을 개발하고-그리고 예술과 교역을 권장합시다. 두 진영이 합심해 세계 도처에서 들려오는 이사야의 계율에 귀를 기울입시다. "멍에의 줄을 끌러 주고, 압제당하는 자를 자유롭게 하라." 그리고 협력의 교두보가 세워지고 불신의 정글이 걷어지면, 두 진영이 손잡고 새로운 과업을 이룩하도록 합시다. 새로운 세력 균형이 아니라, 강대국이 의롭고 약소국은 안전하며 평화가 유지되는 그런 새로운 법의 세계를 이룩하도록 합시다.

이 모든 과제들이 취임 후 100일 사이에 이뤄지지는 않을 것입니다. 천일 만에 이뤄지지도 않을 것이며, 현 정부의 임기 중에 끝나지도 않을 것이며, 어쩌면 우리가 지구상에 살아 있는 동안 이루지 못할 수도 있습니다. 하지만 시작합시다.

국민 여러분, 우리의 오선이 성공하느냐, 실패하느냐의 관건은 내가 아니라 여러분의 손에 달려 있습니다. 이 나라가 창건된 이래 모든 세대가 나라의 부름을 받고 그들의 충성을 증명해 보였습니다. 군의 부름에 응했던 젊은 미국인들의 무덤이 세계 곳곳에 산재해 있습니다.

이제 다시 우리를 부르는 나팔소리가 들립니다. 그것은 비록 우리가 무기를 필요로 하지만 무기를 들라는 부름이 아니요, 비록 우리가 임전 태세를 갖추고 있지만 싸우라는 부름이 아닙니다. 이것은 언제나 소망 중에 기뻐하고 환난 중에 견디며 끊임없이 계속되는 지구전, 즉 독재 정치, 빈곤, 질병, 전쟁 자체라는 인류 공동의 적에 항거하는 싸움을 이겨낼 짐을 지라는 부름인 것입니다.

모든 인류에게 더욱 결실이 있는 삶을 보장해 주기 위해서, 남과 북, 동과 서가 합심하여, 이러한 적에 대한 거대하고 세계적인 동맹체를 우리가 만들어낼 수 있겠습니까? 여러분, 이 역사적인 과업에 동참하지 않으시렵니까? 유구한 역사 속에서 불과 몇 세대의 사람들만이, 자유가 위기에 처했을 때, 그 자유를 보호하는 임무를 맡아 왔습니다. 나는 이 책임을 두려워하지 않습니다. 오히려 환영합니다. 나는 우리 세대의 어느 누구도, 다른 세대의 여느 사람들과 그 처지를 바꾸기를 원하지 않을 것이라고 확신합니다.

우리가 자유를 수호하기 위하여 쏟는 정력과 믿음과 헌신은 우리나라를 밝혀 줄 것이며, 또한 그 일을 위하여 봉사하는 모든 사람과, 그리고 작열하는 그 불길은 진실로 세계를 밝혀 줄 것입니다.

그러므로, 국민 여러분! 여러분의 조국이 여러분에게 무슨 일을 해줄 것인가를 묻지 말고, 여러분이 조국을 위해 무슨 일을 할 수 있는지를 물으십시오.

전 세계의 국민 여러분! 미국이 여러분을 위해 무슨 일을 할 수 있는지를 묻지 마시고, 우리들이 함께 인류의 자유를 위해 무슨 일을 할 수 있는지를 물으십시오.

마지막으로, 미국 국민과 전 세계 국민 여러분! 우리가 여러분에게 요구하는 같은 정도의 힘과 희생을 여기 있는 우리에게 요구하십시오. 양심만이 가장 확실한 보답을 주는 것이며, 역사만이 우리 행위에 대한 최종적인 심판자이므로, 우리는 하느님의 축복과 은총을 빌면서, 한편으로는 또 이 지구상의 하느님이란 진실로 우리들 자신의 일이라는 것을 깨달으면서, 우리가 사랑하는 이 나라를 이끌고 전진합시다.

President Johnson, Mr. Speaker, Mr. Chief Justice, President Eisenhower, Vice President Nixon, President Truman, Reverend Clergy, fellow citizens:

We observe today not a victory of party but a celebration of freedom--symbolizing an end as well as a beginning--signifying renewal as well as change. For I have sworn before you and Almighty God the same solemn oath our forbears prescribed nearly a century and three-quarters ago.

The world is very different now. For man holds in his mortal hands the power to abolish all forms of human poverty and all forms of human life. And yet the same revolutionary beliefs for which our forebears fought are still at issue around the globe--the belief that the rights of man come not from the generosity of the state but from the hand of God.

We dare not forget today that we are the heirs of that first revolution. Let the word go forth from this time and place, to friend and foe alike, that the torch has been passed to a new generation of Americans--born in this century, tempered by war, disciplined by a hard and bitter peace, proud of our ancient heritage--and unwilling to witness or permit the slow undoing of those human rights to which this nation has always been committed, and to which we are committed today at home and around the world.

Let every nation know, whether it wishes us well or ill, that we shall pay any price, bear any burden, meet any hardship, support any friend, oppose any foe to assure the survival and the success of liberty.

This much we pledge--and more.

To those old allies whose cultural and spiritual origins we share, we pledge the loyalty of faithful friends. United there is little we cannot do in a host of cooperative ventures. Divided there is little we can do--for we dare not meet a powerful challenge at odds and split asunder.

To those new states whom we welcome to the ranks of the free, we pledge our word that one form of colonial control shall not have passed away merely to be replaced by a far more iron tyranny. We shall not always expect to find them supporting our view. But we shall always hope to find them strongly supporting their own freedom--and to remember that, in the past, those who foolishly sought power by riding the back of the tiger ended up inside.

To those people in the huts and villages of half the globe struggling to break the bonds of mass misery, we pledge our best efforts to help them help themselves, for whatever period is required--not because the communists may be doing it, not because we seek their votes, but because it is right. If a free society cannot help the many who are poor, it cannot save the few who are rich.

To our sister republics south of our border, we offer a special pledge--to convert our good words into good deeds--in a new alliance for progress--to assist free men and free governments in casting off the chains of poverty. But this peaceful revolution of hope cannot become the prey of hostile powers. Let all our neighbors know that we shall join with them to oppose aggression or subversion anywhere in the Americas. And let every other power know that this Hemisphere intends to remain the master of its own house.

To that world assembly of sovereign states, the United Nations, our last best hope in an age where the instruments of war have far outpaced the instruments of peace, we renew our pledge of support--to prevent it from becoming merely a forum for invective--to strengthen its shield of the new and the weak--and to enlarge the area in which its writ may run.

Finally, to those nations who would make themselves our adversary, we offer not a pledge but a request: that both sides begin anew the quest for peace, before the dark powers of destruction unleashed by science engulf all humanity in planned or accidental self-destruction. We dare not tempt them with weakness. For only when our arms are sufficient beyond doubt can we be certain beyond doubt that they will never be employed. But neither can two great and powerful groups of nations take comfort from our present course--both sides overburdened by the cost of modern weapons, both rightly alarmed by the steady spread of the deadly atom, yet both racing to alter that uncertain balance of terror that stays the hand of mankind's final war. So let us begin anew--remembering on both sides that civility is not a sign of weakness, and sincerity is always subject to proof. Let us never negotiate out of fear. But let us never fear to negotiate. Let both sides explore what problems unite us instead of belaboring those problems which divide us. Let both sides, for the first time, formulate serious and precise proposals for the inspection and control of arms--and bring the absolute power to destroy other nations under the absolute control of all nations. Let both sides seek to invoke the wonders of science instead of its terrors. Together let us explore the stars, conquer the deserts, eradicate disease, tap the ocean depths and encourage the arts and commerce. Let both sides unite to heed in all corners of the earth the command of Isaiah--to "undo the heavy burdens . . . (and) let the oppressed go free." And if a beachhead of cooperation may push back the jungle of suspicion, let both sides join in creating a new endeavor, not a new balance of power, but a new world of law, where the strong are just and the weak secure and the peace preserved. All this will not be finished in the first one hundred days. Nor will it be finished in the first one thousand days, nor in the life of this Administration, nor even perhaps in our lifetime on this planet. But let us begin. In your hands, my fellow citizens, more than mine, will rest the final success or failure of our course. Since this country was founded, each generation of Americans has been summoned to give testimony to its national loyalty. The graves of young Americans who answered the call to service surround the globe. Now the trumpet summons us again--not as a call to bear arms, though arms we need--not as a call to battle, though embattled we are-- but a call to bear the burden of a long twilight struggle, year in and year out, "rejoicing in hope, patient in tribulation"--a struggle against the common enemies of man: tyranny, poverty, disease and war itself. Can we forge against these enemies a grand and global alliance, North and South, East and West, that can assure a more fruitful life for all mankind? Will you join in that historic effort? In the long history of the world, only a few generations have been granted the role of defending freedom in its hour of maximum danger. I do not shrink from this responsibility--I welcome it. I do not believe that any of us would exchange places with any other people or any other generation. The energy, the faith, the devotion which we bring to this endeavor will light our country and all who serve it--and the glow from that fire can truly light the world. And so, my fellow Americans: ask not what your country can do for you--ask what you can do for your country. My fellow citizens of the world: ask not what America will do for you, but what together we can do for the freedom of man. Finally, whether you are citizens of America or citizens of the world, ask of us here the same high standards of strength and sacrifice which we ask of you. With a good conscience our only sure reward, with history the final judge of our deeds, let us go forth to lead the land we love, asking His blessing and His help, but knowing that here on earth God's work must truly be our own.

(3) 케네디 대통령의 「취임사」를 필사하시오.

(4) 한용운의 「님의 침묵(沈默)」을 원고지에 필사하시고, 낭송하시오.

님의 침묵

님은 갔습니다. 아아, 사랑하는 나의 님은 갔습니다.

푸른 산빛을 깨치고 단풍나무 숲을 향하여 난 작은 길을 걸어서, 차마 떨치고 갔습니다.

황금의 꽃같이 굳고 빛나던 옛 맹세는 차디찬 티끌이 되어서 한숨의 미풍에 날아갔습니다.

날카로운 첫 키스의 추억은 나의 운명의 지침을 돌려놓고, 뒷걸음쳐서 사라졌습니다.

나는 향기로운 님의 말소리에 귀먹고, 꽃다운 님의 얼굴에 눈멀었습니다.

사랑도 사람의 일이라, 만날 때에 미리 떠날 것을 염려하고 경계하지 아니한 것은 아니지만,

이별은 뜻밖의 일이 되고, 놀란 가슴은 새로운 슬픔에 터집니다.

그러나 이별을 쓸데없는 눈물의 원천을 만들고 마는 것은 스스로 사랑을 깨치는 것인 줄 아는 까닭에, 걷잡을 수 없는 슬픔의 힘을 옮겨서 새 희망의 정수박이에 들어부었습니다.

우리는 만날 때에 떠날 것을 염려하는 것과 같이 떠날 때에 다시 만날 것을 믿습니다.

아아, 님은 갔지마는 나는 님을 보내지 아니하였습니다.

제 곡조를 못 이기는 사랑의 노래는 님의 침묵을 휩싸고 돕니다

(4) 한용운의 「님의 침묵(沈默)」을 원고지에 필사하시고, 낭송하시오.

■ 한용운

한용운(韓龍雲, 1879년 8월 29일 (음력 7월 12일) ~ 1944년 6월 29일)은 일제강점기의 시인, 승려, 독립운동가이다. 본관은 청주. 호는 만해(萬海)이다. 불교를 통한 언론, 교육 활동을 하였다. 종래의 무능한 불교를 개혁하고 불교의 현실참여를 주장하였으며, 그것에 대한 대안점으로 불교사회개혁론을 주장했다. 3 · 1 만세 운동 당시 민족대표 33인의 한사람이며 광복 1년을 앞둔 1944년 6월 29일에 중풍병사(입적)하였다. 독립선언서의 "공약 3장"을 추가 보완하였고 옥중에서 '조선 독립의 서'(朝鮮獨立之書)를 지어 독립과 자유를 주장하였다.

(5) 타고르의 「동방의 등불」을 원고지에 필사하시고, 낭송하시오.

동방의 등불

일찍이 아세아의 황금 시기에
빛나던 등촉의 하나인 코리아
그 등불 한 번 다시 켜지는 날에
너는 동방의 밝은 빛이 되리라.

"In the golden age of Asia
Korea was one of its lamp-bearers
And that lamp is waiting
to be lighted once again
For the illumination
in the East."

타고르(Tagore)는 인도의 시인으로 벵골 문예 부흥의 중심이었던 집안 분위기 탓에 일찍부터 시를 썼고, 16세에는 첫 시집 『들꽃』을 냈습니다.

초기 작품은 유미적이었으나 갈수록 현실적이고 종교적인 색채가 강해졌습니다. 교육 및 독립 운동에도 힘을 쏟았으며, 시집 『기탄잘리(Gitanjali:신에게 바치는 노래)』로 1913년 노벨 문학상을 받았습니다.

타고르(Tagore)는 한국을 소재로 한 두 편의 시인 「동방의 등불(The Lamp of the East)」과 「패자(敗者)의 노래」를 남겼습니다.

「패자(敗者)의 노래」는 육당 최남선의 요청에 의하여 쓴 것이고, 「동방의 등불(The Lamp of the East)」은 1929년 타고르(Tagore)가 일본에 들렀을 때, 동아일보 기자가 한국 방문을 요청하자 이에 응하지 못함을 미안하게 여겨 그 대신 동아일보에 기고한 작품입니다.

(5) 타고르의 「동방의 등불」을 원고지에 필사하시고, 낭송하시오.

■ 타고르

콜카타에서 태어났다. 벵골어로는 타쿠르(Thākur)라 한다. 벵골 명문의 대성(大聖)이라 불리는 아버지 데벤드라나트의 15명의 아들 중 열넷째 아들로, 형들도 문학적 천분이 있었고, 타고르가(家)는 벵골 문예부흥의 중심이었다. 이와 같은 분위기 속에서 11세경부터 시를 썼고, 16세 때 처녀시집《들꽃》을 내어 벵골의 P.B.셸리라 불렸다. 인도 고유의 종교와 문학적 교양을 닦고, 1877년 영국에 유학하여 법률을 공부하며 유럽 사상과 친숙하게 되었다. 귀국 후 벵골어로 작품을 발표하는 동시에 스스로 작품의 대부분을 영역하였고, 산문 · 희곡 · 평론 등에도 문재를 발휘하여 인도의 각성을 촉구하였다.

초기 작품은 유미적(唯美的)이었으나, 1891년 아버지의 명령으로 농촌의 소유지를 관리하면서 가난한 농민생활과 접촉하게 되어 농촌개혁에 뜻을 둠과 동시에, 작풍에 현실미를 더하게 되었다. 아내와 딸의 죽음을 겪고 종교적으로 되었으며, 1910년에 출판한 시집《기탄잘리 Gī tāñ jalī》로 1913년 아시아인으로는 최초로 노벨 문학상을 받아 세계에 알려졌다.

그뒤 세계 각국을 순방하면서 동서문화의 융합에 힘썼고, 캘커타 근교에 샨티니케탄(평화학당)을 창설하여 교육에 헌신하였으며 벵골분할 반대투쟁 때에는 벵골 스와라지 운동의 이념적 지도자가 되는 등 독립운동에도 힘을 쏟았다. 그가 세운 학당은 1921년에 국제적인 비스바바라티대학으로 발전하였고, 오늘날에는 국립대학이 되었다.

시집에 《신월(新月) The Crecent Moon》《원정(園丁) The Gardener》(1913) 등, 희곡에 《우체국 The Post Office》(1914) 《암실의 왕 The King of the Dark Chamber》(1914), 소설에 《고라 Gorā 》(1910) 《카불에서 온 과실장수》, 평론에 《인간의 종교》《내셔널리즘 Nationalism》(1917) 등이 있다. 벵골 지방의 옛 민요를 바탕으로 많은 곡을 만들었는데, 그가 작시 · 작곡한 《자나 가나 마나 Jana Gana Mana》는 인도의 국가가 되었다. 오늘날에도 M.K.간디와 함께 국부(國父)로 존경을 받고 있다.

한편, 타고르는 한국을 소재로 한 두 편의 시, 《동방의 등불》《패자(敗者)의 노래》를 남겼다. 《패자의 노래》는 최남선(崔南善)의 요청에 의하여 쓴 것이고, 《동방의 등불》은 1929년 타고르가 일본에 들렀을 때, 《동아일보》 기자가 한국 방문을 요청하자 이에 응하지 못함을 미안하게 여겨 그 대신 《동아일보》에 기고한 작품이다

Chapter
16

천 년의 소리 『정선 아리랑』, 『밀양 아리랑』, 『진도 아리랑』을 필사하시고 소리로 들어보시오.

1. 정선 아리랑

아리랑 아리랑 아라리요
아리랑 고개 고개로 나를 넘겨 주게

명사십리가 아니라며는 해당화는 왜 피며
모춘 삼월이 아니라며는 두견새는 왜 우나
아리랑 아리랑 아라리요
아리랑 고개 고개로 나를 넘겨 주게

아우라지 뱃사공아 배 좀 건너 주게
싸릿골 올동백이 다 떨어진다
아리랑 아리랑 아라리요
아리랑 고개 고개로 나를 넘겨 주게

떨어진 동박은 낙엽에나 싸이지
잠시 잠깐 님 그리워서 나는 못 살겠네
아리랑 아리랑 아라리요
아리랑 고개 고개로 나를 넘겨 주게

(1) 『정선 아리랑』을 원고지에 필사하시고 소리를 들어 보시오.

2. 밀양 아리랑

날 좀보소 날 좀보소 날 좀보소

동지 섣달 꽃 본듯이 날 좀보소

아리아리랑 스리스리랑 아라리가 났네

아리랑 고개로 날 넘겨주소

정든 님이 오시는데 인사를 못해

행주치마 입에 물고 입만 벙긋

아리 아리랑 스리스리랑 아라리가 났네

아리랑 고개로 날 넘겨주소

다 틀렸네 다 틀렸네 다 틀렸네

가마 타고 시집 가긴 다 틀렸네

아리아리랑 스리스리랑 아라리가 났네

아리랑 고개로 날 넘겨주소

영남루 명승을 찾아 가니

아랑의 애화가 전해 있네

아리 아리랑 쓰리 쓰리랑 아라리가 났네

아리랑 고개로 날 넘겨 주소

(2) 『밀양 아리랑』을 원고지에 필사하시고 소리를 들어 보시오.

3. 진도 아리랑

아리아리랑 쓰리 쓰리랑 아라리가 났네

아리랑 음음음 아라리가 났네

문경새제는 왠 고갠가 구부야 구부구부가 눈물이로구나

아리 아리랑 쓰리 쓰리랑 아라리가 났네

아리랑 음음음 아라리가 났네

우리가 여기 왔다 그냥 갈 수가 있나 노래 부르고 춤추며 놀다나 가세

아리 아리랑 쓰리 쓰리랑 아라리가 났네

아리랑 음음음 아라리가 났네

만경창파에 둥둥둥 뜬 배 어기여차 어야 디여라 노를 저어라

아리 아리랑 쓰리 쓰리랑 아라리가 났네

아리랑 음음음 아라리가 났네

(3) 『진도 아리랑』을 원고지에 필사하시고 소리를 들어 보시오.

김 종 윤

전라북도 남원에서 태어나 한국외국어대학교 법학과를 졸업하였다.
1992년 월간 『시와 비평』으로 등단했으며,
장편소설로 『어머니는 누구일까』, 『아버지는 누구일까』, 『날마다 이혼을 꿈꾸는 여자』, 창작동화로 『가족동화 10편, 가족이란 누구일까요?』 그리고 어린이들의 장르별 글짓기 안내서인 『어린이 문장강화(전13권)』 등이 있다.

뇌맷집을 키워주는 문장강화

2023년 9월 4일 초판 1쇄 인쇄
2023년 9월 7일 초판 1쇄 발행

지은이 김종윤
발행인 김종윤
책임 교열 마경록
발행처 주식회사 자유지성사
등록번호 제 2-1173호
등록일자 1991년 5월 18일

TEL 02) 333 - 9535
FAX 02) 6280 - 9535
주소 서울특별시 송파구 위례성대로8길 58, 202호
E-mail fibook@naver.com
ISBN 978-89-7997-418-8 03800

■읽기와 쓰기부터 문해력 · 어휘력 · 문장력까지 공부의 기초학력을 키워줍니다

▶어린이 문장강화

① 일기 잘쓰는 법
② 생활문 잘쓰는 법
③ 논설문 잘쓰는 법
④ 설명문 잘쓰는 법
⑤ 독서 감상문 잘쓰는 법
⑥ 관찰 기록문 잘쓰는 법
⑦ 웅변 연설문 잘쓰는 법
⑧ 기행문 잘쓰는 법
⑨ 편지글 잘쓰는 법
⑩ 동시 잘쓰는 법
⑪ 희곡 잘쓰는 법
⑫ 동화 잘쓰는 법
⑬ 원고지 잘쓰는 법

반복은 천재를 낳고 믿음은 기적을 낳는다

육서란 현재 사용되고 있는 한자를 각 글자 별, 사용예(使用例)를 고찰하여 그 정확한 의미를 파악하고, 동시에 그 자형(字形)의 성립과정을 구조적으로 분석해 보면 한자의 조자원리(造字原理)는 6가지로 귀납된다. 이를 육서(六書)라고 한다.

한자, 육서의 원리를 알면 쉽게 배운다①
① 그림으로 익히는 상형한자(象刑漢字)

한자, 육서의 원리를 알면 쉽게 배운다②
② 상상력으로 익히는 지사한자(指事漢字)

한자, 육서의 원리를 알면 쉽게 배운다③
③ 덧셈으로 배우는 회의한자(會意漢字)

한자, 육서의 원리를 알면 쉽게 배운다④
④ 스토리텔링으로 배우는 형성한자(形聲漢字)

어린이 독서·토론·논술 따라잡기 시리즈

늑대는 양들에게 왜 당했을까요

늑대는 육식 동물이기 때문에 양들을 잡아먹으려고 한 것은 당연했어요. 엄마양은 늑대를 얕보았다가 아기양들을 모두 잃을 뻔했지만 또다시 당하지 않기 위해 철저하게 짠 계획으로 늑대를 이겼지요.

성냥팔이 소녀는 왜 하늘나라로 갔을까요

소녀는 세상에서 가장 힘이 없어요. 추운 겨울에 신발도 없고, 얇은 옷을 입은 채 성냥을 팔러 다니죠. 성냥불은 불 중에서 가장 약한 불이에요. 소녀는 성냥불만한 따뜻한 사랑을 그리워하다가 얼어 죽지요.

피노키오는 거짓말을 왜 했을까요

철이 들지 않은 어린이가 바로 나무 인형 피노키오지요. 호기심으로 말썽을 피우기도, 거짓말을 하기도 해요. 그러면서 부모님과 주변 사람들의 소중함과 사랑을 깨닫게 되고 철든 어른이 되지요.

잭은 거인을 왜 없앴을까요

잭은 콩나무를 타고 하늘나라로 올라가서 거인의 보물을 모두 훔쳐 오고 나중에는 거인을 없애기까지 했어요. 잭은 가난을 벗어나기 위해서 거인의 재산을 훔쳐 오고, 어머니는 도둑질한 잭을 칭찬했어요.

토끼와 거북은 시합을 왜 했을까요

거북과 토끼는 말도 안 되는 달리기 시합을 시작했어요. 거북은 성격대로 꾸준히 기어갔지만 토끼는 성격대로 금방 싫증을 느끼고 낮잠을 자고 말았지요. 토끼와 거북은 둘 다 이길 수 없는 시합을 했어요.

남매는 왜 해와 달이 됐을까요

호랑이한테 쫓기면서도 자식들에게 돌아가고 싶어했던 어머니 마음이 남매를 위험에 빠뜨리고 말았어요. 남매는 지혜롭게 행동해서 하늘의 해와 달이 되었고, 어리석은 호랑이는 수수밭에 떨어져 죽었어요.

왜 개미는 일만 하고 베짱이는 노래만 했을까요

개미는 일하는 것이 직업이라면 베짱이는 노래하는 것이 직업이었어요. 개미는 무더운 여름날에도 일만 하는 자신들이 옳다면서 베짱이들의 노래를 공짜로 들은 욕심꾸러기였어요.

백설 공주는 왜 도움만 받았을까요

백설 공주는 새 왕비에게 수없이 당하면서도 숨어 살면서 참기만 했어요. 얼굴만 아름다울 뿐 스스로 할 줄 아는 것이 한 가지도 없었던 백설 공주는 사냥꾼, 일곱 난쟁이, 왕자의 도움만 받고 살지요.

미운 아기 오리는 정말 못생겼을까요

태어날 때부터 밉게 생긴 미운 아기 오리는 혼자 많은 고생을 하며 살지만 나중에는 아름다운 백조가 되지요. 미운 아기 오리는 타고 난 모습이고, 아기 백조는 스스로 갈고 닦은 아름다운 속마음이지요.

인어 공주는 왜 공기 요정이 됐을까요

인어 공주는 왕자를 너무도 사랑해서 자신의 모든 것을 포기했어요. 그리고 왕자가 다른 아가씨와 결혼한 뒤 모든 것을 잃었어요. 인어 공주를 버린 것은 왕자가 아니라 인어 공주 자신이었어요.

시골쥐 서울쥐 누가 더 행복할까요

시골쥐는 평화스러운 시골 생활이 행복하고, 서울쥐는 복잡하지만 변화가 많은 서울 생활이 행복해요. 그런데 서울쥐는 일만 하는 시골쥐가 불쌍하고 시골쥐는 정신 없이 사는 서울쥐가 불쌍하지요.

심청은 왜 인당수에 뛰어들었을까요

심청은 눈먼 아버지를 위해서 인당수에 뛰어들었어요. 공양미를 바쳐도 아버지 눈을 뜰 수 있을지 모르고, 눈을 떴다고 해도 죽은 심청을 생각하며 평생 마음 아파할 아버지는 생각하지 않았어요.